異世界とわたし、どっちが好きなの？
Which do you love me or "isekai"?
YUKI AKATSUKI
暁雪
ILLUSTRATOR
へるるん

[あゆもり・ゆづき] 鮎森結月
他人を寄せ付けない雰囲気を持つ、
クラス一の美少女。実は『異世界厨』。

市宮翼［いちみや・つばさ］
常に異世界のことを考えているためか、
クラスで友達ができないぼっちな主人公。
「ところで、もし異世界転生できたら、市宮くんはなにをしたい？」
「えーと、そうだな……まずはチートな魔法を使って、極上のハーレムを作りたいね」

[めがみ さま] 女神さま
異世界転生の手続き的なことをする
例の空間にいる幼女。

「市宮翼――
このままじゃと汝、
一秒後に死ぬぞい」
「まじすか」
スケスケの羽衣をまとった
幼女が突然目のまえに現れて、
縁起でもないことを言った。
……いや、現れたのは俺のほう、なのか？

「――ちょっ」
「こっちのほうが楽だから、こうさせて」

そして――むぎゅっと密着してくる。
浴衣越しにとんでもない感触が伝わってきた。
やわらかな弾力と、たしかなあたたかみ。
ぐはあっ。その破壊力に、俺は声にならない悲鳴をあげた。
反射的に逃れようとするも、がっちりホールドされている。
しかも厄介なことに抵抗すればするほど、
むぎゅむぎゅと胸が押しつけられる。

CONTENTS
目次

Which do you love me or “isekai”?

異世界とわたし、どっちが好きなの？

暁雪

MF文庫J

口絵・本文イラスト●へるるん

★★★

Which do you love me or “isekai”?

ノー異世界・ノーライフ？

「〝最高の幸せ〟を得たかったら、やっぱ〝異世界転生〟するしかないね」

——どうしたら人は幸せになれるのか？

ある日、小学生の妹からそんな相談をされた。

なにかに悩んでいるのかと心配すると、なんのことはない、作文の宿題が出たとのことだった。テーマは、『あなたが思う幸せについて』。

妹に頼られて悪い気はしない。俺は真剣に考えてみた。

〝最高の幸せ〟ってやつを。

答えはすぐに出た。そういえばむかし、俺も似たような課題を出され、同じように相談したのだった。相手はとても慕っていた叔父《おじ》さん。叔父さんといっても当時まだ二十代の半ばで、ラノベ作家として活躍していた。あの人の教えはいまもしっかり胸のなかに刻まれている。

いわく。

〝最高の幸せ〟へのルートは、〝異世界転生〟以外にありえない。

もちろん妹にもそう伝えた。

「…………」

沈黙する妹。

は？　こいつなに言ってんの死ねば？　みたいな蔑《さげす》んだ目で見られた。

「いや、あらゆる可能性を突き詰めると、最終的には誰もがそうなるんだって」

だってこの世界には存在しないじゃん？

チートな魔法とか、美少女だらけのハーレムとか。

ハーレムなら財力さえあればこの世界でも作れるだろ、という意見もあるかもしれないが、それは違う。俺が求めているのはそういうインスタントなやつじゃないんだよね。やっぱり心から慕ってくれないと。金目当てのビッチじゃダメなわけ。

それに正直、ふつうの女の子だけじゃ物足りない。金髪エルフ、ケモ耳メイド、ビキニアーマーの姫騎士、破廉恥《はれんち》ボンデージのサキュバス、そういった極上の美少女がそろうことではじめて、理想のハーレムと呼べるのだ。

ゆえに。

〝最高の幸せ〟は、倫理的にも物理的にも、異世界にしか存在しない。

ノー異世界・ノーライフ。

現代でのそこそこの幸せじゃなく、異世界での圧倒的な幸せがほしい。

俺ＨＡＰＰＹＹＹＹを心ゆくまで堪能《たんのう》したい。

どんな異世界がいいかは個人の好みによってくるけど。

すくなくとも〝最高の幸せ〟ってやつを語るなら、〝異世界転生〟は欠かせない。

……とまあ、そんな具合に。

幼い妹にもわかるよう、俺は懇切丁寧に解説した。

妹は言った。

「あのさ、お兄ちゃん」

「なに？」

「そーゆーこと言ってるから、学校で友達できないんだよ？」

「…………」

返す言葉がなかった。


…………いや、ほんと。

妹の指摘はうんざりするほどもっともで……。

四月下旬。高校一年の春。

「ねみー」「おはよーっす」「二時間目の体育だりー」「昨日ドラマ観《み》た？」「あれ超ウケたよねー」「今日の放課後どっか行かない？」「うぇーい」

といったクラスメイトたちの雑談に一切まざることなく、朝っぱらの教室でひとり黙々と異世界ラノベを愛読している俺——市宮翼《いちみやつばさ》は、実際クラスで浮いた存在だった。

……まあ、うん。この状況が誤算じゃないと言えば、うそになる。

まさか俺以外、クラスにオタクがひとりもいないなんて……。

なんの因果か、うちのクラスにはイケメン、美少女が多い。噂《うわさ》によると、教師陣からも十年に一度の奇跡のクラスと呼ばれているらしく、リア充の巣窟《そうくつ》と化していた。

異世界ラノベを読んでいれば趣味の合う誰かしらが声をかけてくれるんじゃないかなー、なんて淡い期待を抱いていたが、見事に失敗したわけだ……。

クラスで浮いている読書好きは俺だけじゃないってのが、せめてもの救いである。

区切りのいいところで本を閉じて、ちらりと窓際の席に目を向けた。

——鮎森結月《あゆもりゆづき》。

朝のやわらかな日差しのなかできらきらと輝く、金髪ロング。

理知的に整った顔立ち。

グラビア雑誌の表紙を飾れそうなプロポーション。

アメリカだかイギリスだかのハーフらしいが、もしやエルフとのハーフなんじゃね？

……そんな妄想をかき立てられるほどの、超絶美少女である。

ルックスの偏差値が異様に高い我がクラスにおいても、あきらかに別格だ。

彼女は俺と同じく朝っぱらから、凛々《りり》しい表情で文庫本を読んでいた。

本には黒いレザーのブックカバー。高校生が持つにはいささか大人びたデザインだが、彼女が持つとばっちりサマになっている。書店でもらった紙製のものをぼろぼろになるまで使っている俺とは、雲泥《うんでい》の差だ。

そして、なにより違うのはそのオーラ。

俺は『べつに話しかけてくれても構わんよ』オーラを出している（つもりだ）が、彼女は『話しかけるな』オーラをこれでもかと放出させていた。

男子はもちろん、女子だってお近づきになりたいと思うほどの美少女である彼女が浮いてしまっているのは、まさしくこれが原因である。

見た目以上に性格が、周囲と一線を画《かく》していた。というかぶっちゃけ破綻《はたん》していた。

群れない、媚《こ》びない、省みない。工業用のロボットよりも無愛想《ぶあいそう》だ。

入学当初、『なんの本を読んでるの？』と隣席の女子に訊《たず》ねられたとき、彼女は冷淡にこう返した。

――説明しても、どうせあなたには理解できないわ。

――読書の邪魔だから話しかけないで。

その場にいた誰もが絶句していたね。

たしかにマナー違反だと思うけど、それにしたってもうちょっと言い方があるだろ。

当然ながらそれ以降、彼女に声をかける人は皆無だった。

嫌われているというより、みんなびびってしまったのだ。

宝石を思わせる彼女の大きな瞳《ひとみ》は、美人だけに迫力があった。

さわらぬ神に祟《たた》りなし。

おかげで読書をしている人には声をかけにくい空気が教室内にできてしまった。

俺がぼっちになった原因の一端《いったん》は彼女にあるのではないかと、半ば本気で思う。

でも実を言うと、そんな彼女のことが嫌いじゃなかった。むしろ感謝していた。

友人ができずに悩んでいたとき、誰にも流されない彼女の生き様を見て、俺も異世界好きを貫いていいんだ！　と思うことができた。もし彼女がいなければ無理して周囲におもねり、つらく苦しい高校生活を送っていたかもしれない。


…………それにしても。

実際のところ、彼女はどんな本を読んでるんだ？

最初に斬《き》り捨てられた気の毒な女子の疑問は、誰もが抱いていることだった。

なかでも俺が一番気にしていると思う。

読書好きは他人が読んでいる本が気になるのだ。
まさか異世界ラノベってことはないと思うけど……。
――まあ。
答えをさきに言ってしまうと、そのまさかだったわけだが。

そんな驚愕《きょうがく》の事実が発覚したのは、それからしばらく経《た》った、五月下旬のことだった。
その日、放課後になるやいなや、俺は駅前にある本屋に早足で向かった。
ひいきにしているラノベレーベルの発売日だったからだ。
そこで鮎森結月《あゆもりゆづき》とばったり出くわした。
彼女の手には、背表紙が緑の文庫本。
俺が買おうと思っていた異世界ラノベの新刊だった。
しかも俺より早くいるということは、おそらく走ってきたのだろう。
それを裏づけるように、彼女の呼吸はわずかに乱れていた。
頬《ほお》はほんのり紅潮し、豊かな胸が上下している。
どんだけ早く読みたかったんだ……。
「………」

「…………」

俺たちはしばし呆然《ぼうぜん》と見つめ合い……さきに俺が口を開いた。

「あ、鮎森《あゆもり》さん……？」

「い、いち……いちなんとかくん」

「市宮《いちみや》です」

「……失礼。わたし、クラスメイトの名前をほとんど覚えてないのよ」

「……いえ、顔を覚えててくれただけで充分です」

「あなた、クラスで浮いてるから目につきやすいのよね」

おまえが言うな。と、思ったけど口には出せなかった。

親しくない相手に即座にツッコめるほど、俺のコミュ力は高くない。

代わりに訊《たず》ねた。

「……あ、鮎森さんも、そのラノベ、好きなの……？」

「…………え、ええ」

彼女はもじもじとうつむきながら肯定した。

こんな弱腰な鮎森結月《ゆづき》、はじめて見る。

まあ、口絵にほぼ確実にお色気シーンがある、ばりばりの男向けだもんな。

さしものクールビューティーも恥ずかしいようだ。

「もってことは、市宮くんも……好きなの？」

上目遣いで、遠慮がちに質問を返される。

「あ、うん」

「……そ、そう」

「…………」

「…………」

俺は人見知りのコミュ障だが、彼女もなかなかのものらしい。

会話が続かず、気まずい沈黙がおりる。

やがてその重さに耐えかねたように、

「……じゃ、じゃあ」

と言って、彼女がこの場を去ろうとする。揺れる金髪。ゆっくりと遠ざかる背中。

「――あのっ！」

思わず呼び止めていた。

「……な、なに？」

首だけで振り返る鮎森結月に、俺は勇気を振り絞って、告げる。

「よ、よかったら、ちょっとそこのファミレスで……は、話していかない？」

「……話？」

彼女は警戒するように目を細めた。

「いや、ずっと趣味の合う友達がほしいと思ってたから……その、異世界について語り合いたいな、と思って……」

「……それは建前で、本当は下心があるんじゃないの？」

「下心なんてない」

俺はきっぱりと否定した。

他人に気持ちを伝えるのは苦手だけど、これについては誤解されたくなかった。

「純粋に、異世界好きの仲間と見込んで誘ってるんだよ」

「………仲間、ね」

彼女はぽつりとつぶやき、そのまま考えこむように押し黙った。

どれくらい待っただろう。

体感では一時間、実際には三十秒ほど、そのまま固まっていたと思う。

胃がきりきりと痛みはじめたところで、彼女はこくりとうなずいた。

「………あなたのおごりだったら、付き合ってあげなくもないわ」


というわけで。

それから俺たちは同じラノベを購入し、ファミレスに移動した。

話題はもちろん、異世界ラノベについてだ。買ったばかりのシリーズをはじめ、過去のヒット作、知る人ぞ知る名作、最近の注目作など、好きな作品の感想を語り合う。

お互いコミュ障なので、最初は王と平民の会談なみにぎこちなかった。

でも、しだいに緊張も和らぎ、徐々に盛り上がっていく。

「へえ、あれを読んでるとは、やるじゃない市宮《いちみや》くん」

「鮎森《あゆもり》さんこそ。ちなみにあのシリーズ、今度四年ぶりに新刊が出るらしいよ」

「え、ほんとにっ!?　教えてくれてありがとう。それはぜったい買わなきゃね」

「そしたら、また感想を語り合おうよ」

「ええ、喜んで！」

教室ではどんなときでもすまし顔の鮎森結月《ゆづき》が、とびきりの笑みを浮かべていた。

――ああ、たまらない。

趣味の合う人と好きなことについて話すのが、こんなにも楽しいとは知らなかった。

あまりに楽しすぎて、ドリンクバーのおかわりを注《つ》ぎにいく時間すら惜しく感じた。

本当に全身全霊、心の底から、楽しかったんだ。

……………彼女が、この質問をするまでは。

「ところで、もし異世界転生できたら、市宮くんはなにをしたい？」

「えーと、そうだな……」

俺はいくらか思案して、こう答えた。

「まずはチートな魔法を使って、極上のハーレムを作りたいね」

「……は、ハーレム？」

「うん。この世界ではできないことを実現するのが、異世界の醍醐味《だいごみ》だから」

目をぱちくりさせる彼女に、俺は以前妹にしたのと似たようなことを話した。

クラスメイトの女子相手にそんなことを言うなんて、我ながらどうかしてると思う。

でも、彼女に変な見栄《みえ》は張りたくなかった。

そして伝わると思ったんだ。

いつだって自分のスタイルを貫き、俺と同じくらい異世界を愛している彼女になら。

俺のこのまっすぐな想《おも》いが。

鮎森結月《あゆもりゆづき》は「ふうん」と無感情な相づちを打ち。

——あのときの妹と同じ目で俺を見た。


「バカじゃないの？」

…………あ、ダメだこれ。ぜんぜん伝わってねーや。

「まさかそんなくだらないことを言われるとはね。あなたには失望したわ」

「っ……そ、そんな言い方……」

「事実でしょう。だってけっきょく、承認欲求と性欲を満たしたいだけじゃない。わざわざ異世界に行ってまですることじゃないわ」

「……じゃあそういう鮎森《あゆもり》さんは、異世界に行ったらなにがしたいのさ？」

「心から信頼できる対等な仲間を作るわ」

「……それってつまり、友達がほしいってこと？」

「ざっくり言うと、そういうことになるわね」

「方向性がすこし違うだけで、ほとんど俺と一緒じゃん」

「は？　冗談やめてよ。ぜんぜん違うじゃない」

　嫌悪感丸出しで俺をにらみ、

「それともあなたにとって、友達と性奴隷って同じ扱いなの？　どういう倫理観よ」

「んなわけないだろ失敬な。俺がほしいのは性奴隷じゃなくて嫁だから。そこにはきちんと愛があるから」

「なら愛があればゴブリンのメスでもいいの？」

「……いや、それは」

「ほらみなさい。愛よりも性欲が上回ってるじゃない」

「うぐっ……」

どう考えても彼女の主張は詭弁《きべん》なんだが、下心がまったくないわけではないので、返答に窮してしまった。

そんな俺に対し、鮎森結月《ゆづき》はふふんと勝ち誇ったような笑みを浮かべる。

「わたしはべつに構わないわよ？　それが信頼できる相手なら、ゴブリンでもオークでもエルフでもドワーフでも神でも悪魔でも」

ぐぬぬ、このまま言い負かされてなるものか。

俺はなんとか反論の糸口を探す。

「だ、だったら、ふつうにこの世界で友達を作ればいいだろ？　それこそ異世界に行ってまですることじゃない」

「この世界ではできなかったんだからしょうがないでしょ」

「あ、そうか、ごめん……」

「……謝らないでよ。あなただってぼっちのくせに」

むっとふくれ面になる鮎森結月。ちょっとかわいい……。

こうして話してみると意外なほど表情豊かだよな、と思いつつ、

「いや、でもさ、その性格をなんとかすれば、鮎森さんなら友達できるだろ？」

「ちょっと。その言い方だと、わたしの性格が悪いみたいじゃない」

「実際悪いじゃん」

「……まあ、そうね、それは認めるわ」

いちおう自覚はあったんだ。

「でも、友達ができないのは性格のせいじゃないわ」

「えぇー」

「なによそのリアクション。本当よ」

「じゃあ、いったいなんのせいなのさ？」

「この美しすぎる容姿よ」

やわらかそうな胸に手を当て、彼女は真顔で言い切った。

「…………ここ、笑うとこ？」

「笑ったら殴るわ」

俺がドMなら一発いただくところだけど、残念ながら違うので我慢した。

「……自分で言うなってツッコミはもっともだけど、わたしが美少女ってことは、わたしの性格が悪いってのと同じくらい確定的にあきらかよ」

苦々しく語る彼女に、俺は「まあね」と同意した。

「で、それがどうして友達ができない原因になるのさ？」

「誰もわたしの中身を見ようとしてくれないからよ」

「見るまえに遠ざけちゃうからじゃなくて？」

「……それは、わたしなりの処世術なのよ。男はつけあがらせたら勘違いして迫ってくるし、女は一緒にいるとそのうち勝手に嫉妬《しっと》して、『わたしの好きな人に色目を使った』とか言い出すから……」

「……なるほど」

納得できなくもなかった。俺が金になびく女をハーレムに入れたくないように、彼女は自分の見た目に惑わされる輩《やから》とは友達になれないのか。

そして、その見た目に惑わされない人間が、果たしてこの世界にどれだけいるか……。

『心から信頼できる対等な仲間』を作るのは、たしかにかなり難しそうだ。

それでも性格をなんとかすればと思わなくもないが……まあ、それができれば苦労はないか。性格を変えるなんて、下手したら異世界に行ってもできないかもしれない。

「そういう意味では市宮《いちみや》くん、あなたはとても惜しかったわ。手の施しようがないくらいの異世界厨《ちゅう》だから、この世界の異性に関心が薄いみたいだし。ひょっとしたら対等な存在になれるかもって思えた」

……べつに関心が薄いわけではないけどな。

俺の妄想のなかのエルフちゃんが、鮎森《あゆもり》結月《ゆづき》よりも美少女なのはたしかだけど。

「でも、ハーレムを作りたいとか真剣にのたまう人を信頼したくないわ」

……そりゃま、そうだよな。

これに関してはぐうの音《ね》も出なかった。おっしゃるとおりです……。

「………まあ、それでも、正直に言ってくれたことは、評価しなくもないわ」

彼女は照れくさそうにそっぽを向き、ぶっきらぼうに告げる。

「だから友達にはなれないけど、たまに異世界ラノベの話をする仲くらいには……そうね、あなたが頭を下げるなら、なってあげてもいいわ」

「ツンデレ?」

「……やっぱりあなたとは二度と口をきかないわ」

吐き捨てるように言って、鮎森結月《あゆもりゆづき》は席を立った。

「――あっ、ちょっ、ごめん。ごめんなさい。悪気はなかったから許して」

慌ててぺこぺこ謝る。異世界に関することは譲れないが、それ以外では特にプライドもないので、頭を下げるくらい造作もない。

彼女はふんと鼻を鳴らし、

「わたしとこれからも異世界トークがしたかったら、せいぜい言葉には気をつけなさい」

……だからこの女は、ほんとあれだな、もうちょっと素直な言い方はできないのか。

注意するべきか悩み、ぐっとこらえることにした。大人の対応ってやつだ。

意固地になるのは目に見えてるし……それに、提案じたいはとても魅力的だしな。

「……じゃあ、時間もあれだから、今日はもう帰るわね」

言われて時刻を確認する。十八時を過ぎていた。

げっ、もうこんな時間……。三時間近くも話していたのか……。

日の長い時期なので外はまだ明るい。

が、特に引きとめる理由もなく、ここでお開きとなった。

ドリンクバーふたりぶんに、俺が頼んだサイドメニューがひとつ、鮎森結月が頼んだデザートがひとつで、千円弱。もちろん約束どおり全額俺が支払った。


まあ、そんなこんなで。

方向性が違うふたりの異世界厨《ちゅう》、俺と鮎森結月は友達——ではなく、

〝たまに異世界（主にラノベ）について語り合う〟

という、なんともアレな関係になった。

しかし翌日、これが思わぬ形で発展することになる。

〝異世界転移同盟〟

その名のとおり異世界に転移するため、お互いの試練達成を助け合う同盟だ。

ファミレスを出て、駅前で別れたあと。
心から異世界を渇望していた俺たちは――
それぞれべつのトラックにはねられかけて――
それぞれべつの女神さまと出会い――
異世界に行くチャンスを与えられることになる。

次のシーンは、俺が女神さまと出会うところからはじめよう。

ここって、異世界転生的な手続きをするところですよね？

「市宮翼《いちみやつばさ》――このままじゃと汝《なんじ》、一秒後に死ぬぞい」
「まじすか」
スケスケの羽衣《はごろも》をまとった幼女が突然目のまえに現れて、縁起でもないことを言った。
……いや、現れたのは俺のほう、なのか？
周囲は見慣れた通学路ではない。
いつの間に、なんだかよくわからない不思議な空間に立っていた。
おぼろげな記憶を辿《たど》る。
えーと、たしか俺は駅前で鮎森《あゆもり》結月《ゆづき》と別れて、ひとりで帰路についていた。
その途中、横断歩道を渡っているとき、信号無視したトラックに突っこまれたのだ。
そしてあえなく犠牲に……あれ、なってないか？
正確に言うと、はねられた記憶はないな。衝撃を受ける寸前だった気がする。
……ああ、そうか。それで『このままだと一秒後に死ぬ』ってことか。
すこし納得したところで、改めて状況を確認する。
まず、正面にいる謎《なぞ》の幼女。

ぱっと見た感じは七歳くらいで、とても愛らしい顔立ちをしている。

それはいいんだけど、露出度がやばい。羽衣《はごろも》はふわふわ身体《からだ》にまとわりついているだけで、大事なところをまったく隠せていなかった。あたりに立ちこめる白いモヤのおかげでなんとか致命的な事故は避けているけど、それでも微妙にアウトなような……。

まあでも、たぶん、この娘《こ》は見た目どおりの年齢ではないだろう。

どことなく神々《こうごう》しいし、そもそも人間ですらないと思う。

だから大丈夫。これについては心配する必要はない。

それより重要なのは、ここがどこなのか？　ということだ。

一番可能性が高いのは夢のなかだけど……そうは思えないし、思いたくなかった。

ここはおそらく、あそこだ。

俺にとっては自宅の次くらいになじみ深い——例の空間だ！

「ぬふふ、戸惑っているようじゃな」

きょろきょろしながら思案していると、幼女が愉快そうに笑った。

俺は神妙にうなずく。

「……はい。そりゃいきなり『ぞい』とか言われたらびっくりしますよ……」

「そこ⁉　もっとあるじゃろ！　ほかに！」

幼女は顔を赤らめ、無駄にハイテンションにツッコんだ。照れ隠しかもしれない。

「でも、それ以外はだいたいわかりますし」

「まじか。わかるの？」

「ここ、あれですよね。異世界転生的な手続きをするところですよね？」

そうだったらいいなという希望もこめて訊《たず》ねる。

「……まあ、そうじゃ。だいたい合ってる」

当てられたのが悔しいのか、幼女は不満げにくちびるをとがらせた。

「なんでわかったのじゃ？　というか汝《なんじ》、落ち着きすぎじゃない？」

「いや、そんなことないです。内心ではめちゃくちゃ驚いてますよ……」

掛け値なしの本音だった。気を抜くと手足がふるえてしまいそうだ。ぬか喜びをしたくない、というネガティブな理性が俺をぎりぎりのところで押しとどめていた。

「えーと、確認なんですけど、あなたは女神さまで合ってますか？」

「うむ。いかにも妾《わらわ》は女神である」

幼女あらため女神さまはいくらか機嫌をよくして、尊大にうなずいた。さまづけが嬉《うれ》しかったのかもしれない。

予想が当たり、ほっと胸をなで下ろす。いちおう敬語を使っておいてよかった。

でも、一人称が『妾』はどうなんだろ。キャラづけがちょっと安易だよね……。

まあいいや。女神としてきちんと仕事をこなしてくれればそれでいい。

ごくりとつばを飲み、確認を続けた。

「ということは俺、異世界転生できるってことですか？」

「うむ。正確には転生じゃなくて転移じゃがな」

「あ、そうなんですね。転生が主流だと思っていたので、てっきり」

「ふん。たしかにちょっと前までは汝《なんじ》の言うとおり、転生が主流じゃったよ。そのほうがどんな姿にもできるし、いろいろ融通《ゆうづう》が利くからの」

「……だったらなぜ？」

できれば王子とか魔王に生まれ変わりたかったので、思わず訊《たず》ねる。

「天界にクレームが入ったんじゃ」

女神さまはつまらなそうに眉根《まゆね》を寄せた。

「転生のたびに人をはねさせられるトラックの運転手が可哀相《かわいそう》、とな」

「……それで屈したと？」

「うむ。いや、この件に関してはぶっちゃけ妾《わらわ》も遺憾《いかん》なんじゃ。一部の意見なんぞに耳を貸して、肝心のクオリティを下げては本末転倒じゃろ？　じゃから女神は萎縮《いしゅく》せずに堂々と転生を表現するべきなんじゃ。じゃが、いかんせん上の命令には背けんのでな……」

女神さまは切なげにため息をついた。

うーん、天界のほうでもいろいろ規制が大変なんだなぁ……。

しかし転生を表現て。女神からしたら作品みたいなものなの？

興味深かったけど、やっぱりこれもまあいいや。ほかにもっと訊《き》きたいことがあった。

「それで女神さま、俺はいったいどんな異世界に行けるんですか？」

「おっと、そうじゃったな」

女神さまは仕事を思い出したように言った。髪型を訊く美容師みたいなノリで、

「逆に汝はどんな異世界に行きたい？」

「チート能力で俺ＴＵＥＥＥできて、美少女がいっぱいいる異世界」

「即答したな」

「常日頃から妄想してましたんで。……ちなみに細かい注文も受けつけてくれます？」

「それはＳＰしだいじゃな」

「えすぴー？」

「正式名称はややこしいから妾も覚えておらん。とにかく人に感謝されるともらえるポイントじゃ。サンキューポイントの略だと思っておけばよい」

……わかりやすいけど、雑なネーミングである。

というか、サンキューポイントの略ならＳＰじゃなくてＴＰでは？　英単語のスペル的に考えて。面倒なのでいちいちツッコまないけど……。

「それで、そのＳＰがあればあるほど、希望した異世界に行けるということですか？」

「そうじゃ。理解が早くて助かる」

「俺のSPはどれくらいなんですか？」

「ふむ、見てみよう」

女神さまは羽衣《はごろも》から懐中時計のようなものを取り出した。

その羽衣、四次元ポケット的なあれなの？　とか思っていると、

「えっ……うわぁ……まじ……？」

なぜか女神さまがどん引きしていた。

「どうしました？」

「……すまぬ、やっぱ汝《なんじ》は異世界に行けないっぽい」

「えっ、なんでですか？」

「SPが足りん」

「…………」

しごく単純な理由に、俺は言葉を失ってしまった。

「はー、失敗したなぁ……」

女神さまは深々とため息をつき、独りごちる。

「重度の異世界オタクじゃから、転移にも簡単に応じてくれると思ったのじゃが……まさかここまでひどい数値じゃとは……」

そして残念なやつを見るような目になって、

「汝、あれじゃろ？　さてはぼっちじゃろ？」

身もふたもない言い草である。しかも最低なことに図星だった。

「ふつうはな、十六年も生きてれば、千くらいはたまってるものなんじゃ。だけど汝は百もないぞ？　どんだけ人と関《かか》わって来なかったんじゃ」

……うるさいな。俺だって好きで関わらなかったわけじゃない。

ちょっとコミュ力にステータスを振り忘れちゃっただけだし……。

「ま、まあ……どんまいじゃ」

がっくり肩を落としていると、女神さまが気まずそうに慰《なぐさ》めてくれた。

女神とはいえ見た目幼女に優しくされてもなぁ……。

この悲しみはエルフ（巨乳）にしか癒《い》やせない。ダークエルフ（巨乳）も可。

「……すいません。異世界に行くには、どうしてもそのＳＰが必要なんですか？」

「そうじゃの」

「……ラノベではけっこう無条件で行ってるのに」

「アホ。そんな甘いわけないじゃろ。いわば善人だけが遊べるボーナスステージみたいなものじゃからな。こっちだってボランティアってわけじゃないし、人間力が乏しいぼっちをそうそう転移させられぬよ」

「……そこをなんとか、すくないSPでも行けるところはありませんか？」

こちとら十年近くも異世界に憧《あこが》れてきたのだ。ここまで来てあきらめられない。

この際ハーレムさえ作れたら、多少しょぼい条件でも構わなかった。

「うーん、ないと思うが……まあ、いちおう見てみるかの」

女神さまは面倒くさそうに言って、羽衣《はごろも》から分厚い雑誌を取り出す。

表紙だけ盗み見ると、『異世界カタログ』と書いてあった。まんまだな。

「やっぱないのー」

ぺらぺらめくりながら女神さまがぼやく。

――もっと丁寧に見てくれよ！

と思うが、ごきげんを損ねたらあれなので、余計な口は挟まない。

最後のほうのページに差し掛かり、もはやこれまでかと覚悟したところで、

「――おっ、ひとつだけあったぞ！」

「ほんとですか⁉」

「うむ。『ゴミゴミトラッシュ』というゴミであふれた世界じゃ」

「ええ……」

いくらなんでも、それはひどい。希望が一瞬で砕け散った。

ゴミとトラッシュ、意味かぶってるし……。

「なんじゃその顔は。いやなのか？」

「いやですねぇ……」

「贅沢《ぜいたく》なやつじゃな。いまならサービスでチート能力もつけるぞ？」

「……どんなのですか？」

「吸引力が変わらない能力じゃ」

「ダイソンか」

「すごいじゃろ」

「……いや、もうちょっと派手に活躍したいんですけど」

そもそもゴミを吸いこみたくない……。

「ちなみにその世界、美少女はいるんですか？」

「おらん。てか、人間じたいがおらんしな」

一縷《いちる》の望みも絶たれた……。

「住めば都って言うし、行ってみればいいじゃろ。実は今月、ノルマ厳しいし」

「ノルマとかあるんですか……」

「そうなんじゃよ。ちょっと聞いてくれるか？」

それから二十分ほどに渡り、天界も景気が悪いとか、女神の給料が安いとか、今年に入って同期が三人も結婚したとか、いろいろ世知辛《せちがら》い愚痴《ぐち》を聞かされた。

「……まあ、大変なのは重々承知しました。でもだったら、いくらかSPをおまけしてくれませんか？　もうちょっといい異世界なら、俺も喜んで転移するので」

脱線していた話をなんとか元に戻す。

ノルマが厳しいというなら、交渉の余地があると思ったのだ。

「いや、それればっかりは規則じゃからなー。できるんなら妾《わらわ》だってそうしたいけど、SPがないとどうしようもないのじゃ」

「……じゃあ、転移はあきらめます。現実に戻って死にます」

本気で死にたいわけじゃなかったけど、駆け引きとしてそう言った。

「ちょっ、待て！　早まるでない！」

「だってどうしようもないんでしょう？」

「それはそうじゃが………うーん、わかった！　こういうのはどうじゃ？」

女神さまが妥協案を提示してくれた。

「まず汝《なんじ》は現実に戻る」

「そしてトラックにはねられて死ぬ」

「ちがう。生きるんじゃ」

「……あの状態から回避できるんですか？」

現実ではトラックが衝突する寸前で、時間が止められているという認識だった。

「うむ。あれは妾《わらわ》が手配した幻影みたいなものじゃからな」

「そうだったんですか……」

「ぶっちゃけ、一秒後に死ぬというのもうそじゃ」

「……なんでそんな無駄なことをするんですか」

「様式美じゃ。汝《なんじ》だってカップラーメンを待ってるときに転移したくないじゃろ?」

「まあ、そうですね」

おっしゃるとおり、最低限の演出はあったほうが異世界に行くって感じがして燃える。

納得したところで話を進める。

「それで、現実に戻ってどうするんですか?」

「がんばってSPをためるんじゃ」

「ええ……」

「こら。そこはいやそうな顔をするでない」

「でも、ぼっちの俺にそんなことできると思います?」

「たしかに……」

あっさり同意されてしまった。それはそれでちょっと切ない……。

「んー、じゃあ〝十二の功業〟をやるか?」

「ヘラクレスですか」

「よく知ってるな」

「異世界厨《ちゅう》ですから。ファンタジー関連の知識はそこそこあります」

ギリシャ神話の大英雄、ヘラクレスがエウリュステウスから命じられた難業である。

「妾が命じる十二個の試練をすべてクリアできたら、ボーナスSPが入るように手配しよう。そしたら改めて、トラックさんにご登場いただくってことでどうじゃ？」

……ふむ、それじたいは悪くない。というか、ふつうにありがたい提案である。

漠然とSPをためろと言われるよりは明確なので取り組みやすい。

問題は、その試練がどれくらいの難易度かってことだ。

「でもヒュドラの退治とか、俺には無理ですよ？」

「安心せい。そこまで無茶《むちゃ》なことは言わん。ふつうの人間でもできることしか要求せんよ」

「あ、ならよかったです」

「最初はそうじゃな……『クラスメイトと三分間会話しろ』にしよう」

「めちゃ難しいじゃないですか！」

「え、まじか⁉」

「もっと楽なやつにしてください！」

「いや、それくらいはがんばれよ！」

ヘラクレスに謝れ！　と、ガチで怒られてしまった。

……まあ、そうだな。なんの苦労もなしに転移できると思ったから、若干期待はずれではあったけど、念願の異世界ハーレムを満喫するためだ。人見知りという巨大な敵にも立ち向かってやろうじゃないか。

それに考えてみればちょうど今日、親しくなったクラスメイトがいるしな。鮎森結月《あゆもりゆづき》に頼めば、この試練はさくっとクリアできそうだ。

そう算段がつくと、俄然《がぜん》やる気がわいてきた。

「わかりました。俺、やります！」

「うむ、その意気じゃ」

「でも、ヘラクレスのあれってふたつクリアしたと認められない案件があって、結果的に十二になっただけで、本来は十でよかったんですよね。だから十でよくないですか？」

「……細かいのう」

女神さまは苦笑して「ま、いいけどな」と認めてくれた。やった。女神さまマジ女神。

「ちなみに、二個目以降はなにをすればいいんですか？」

「それはその都度、こちらから指示を出す」

にやりと意味深な笑みを浮かべて、

「汝《なんじ》の場合、コミュニケーション系が多くなると思うから、覚悟しておけ」

……前言撤回。やっぱあんまり女神じゃない。鬼畜《きちく》系女神だ。

「んじゃ、ちょっと汝のケータイを貸せ」

「え、なんでですか？」

「指示を出すためのアプリをダウンロードするんじゃ」

「…………」

ロマンもへったくれもないな。

そこはせめて、心の声的なものにしてほしかった……。

とはいえ贅沢《ぜいたく》を言える立場でもない。速やかにスマホをお渡しした。

「……てゆーかここ、電波通じるんですね」

「当たりまえじゃろ。無料Ｗｉ－Ｆｉ《ワイファイ》も飛んでるから、重たい動画でもさくさくじゃぞ」

「へぇー……」

いったいどうやって設置したんだろう……。

まあ、女神さまなら魔法的な力でどうにでもなるか。

「ほれ、できたぞ」

二分ほどで返してもらえる。

ホーム画面に新しいアイコンが追加されていた。

デフォルメされた女神さまのイラストだ。けっこうかわいい。

どこのサイトで落としたのか気になったが、履歴は残っていなかった。

「使い方のマニュアルとかないんですか？」

「進行中の試練が表示されるだけのシンプルなものじゃから必要ない」

試しにアプリを起動してみる。真っ白な背景、上のほうに『試練1』と書かれた看板、左側にアイコンと同じ絵柄の女神さま、右側には吹き出しがあり『クラスメイトと三分間会話するのじゃ！』という台詞《せりふ》が表示されていた。なるほど、たしかにシンプルだ。

なんとなく立絵《たちえ》をタップしてみると、『がんばるのじゃっ！』とロリボイスが再生されてちょっと萌《も》えた。この仕様だと、こちらからメッセージを送ったりはできなさそうだ。

「ほかに質問はあるか？」

スマホをポケットにしまうと、女神さまが言った。

「……えーと、じゃあ、あとひとつだけ」

「なんじゃ？」

「……過去に異世界転生した人ってわかります？」

「うーん、どうじゃろうな。調べればわかるかもじゃが……趣味で転生させてる無免許の女神もおるので、なんとも言えん」

趣味て。無免許て。いろんな女神さまがいるんだなぁ……。

「ま、仮にわかってても教えることはできんがな。守秘義務ってやつじゃ」

天界でも個人情報の扱いは厳しいらしい。

「てか、なんでそんなことが知りたいんじゃ？」

「なんとなく気になっただけです。わからないならそれで構いません」

「そうか。ならもう汝《なんじ》を地上に戻すぞ」

「はい、お願いします」

うなずくと、女神さまはぺったんこな胸のまえで手を組んだ。

「女神が命じる——なけなしのSPを消費して、汝よ、地上に戻れいっ」

なんかいまいち締まらない詠唱だなぁ……と、思うと同時に——


浮遊感。


「——っ⁉」

一瞬の出来事だった。気がつくと俺は、いつもの通学路に立っていた。

トラックは見当たらない。もちろん怪我《けが》もしていなかった。

しばし放心状態に陥る。

…………異世界厨《ちゅう》をこじらせすぎて、白昼夢でも見ていたのだろうか？

それを否定する材料はどこにもなかった。

いや、ひとつあるか。

実際に起こった出来事なら、ダウンロードしたアプリがあるはずだ。
スマホを出して、ドキドキしながらホーム画面を開く。
――あった。
アイコンをタップして起動すると、記憶どおりの画面が表示された。
「よっしゃ……っ！」
ソシャゲでSSR《エスエスレア》を一発で引いたとき以上に嬉《うれ》しかった。
つまり人生で最高潮だ。

がんばればいつか異世界に行ける！
チート能力で無双できる！
エルフやケモ耳のハーレムが作れる！
〝最高の幸せ〟を得ることができる……っ！
俺は高揚《こうよう》する気持ちを抑えきれず、無我夢中で走り出す。
全力でジャンプしながら、こぶしを天に突き上げた。

★★★

Which do you love me or "isekai"?

同盟を結ばないか？

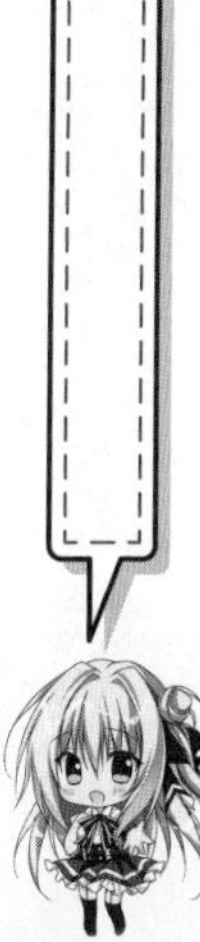

鮎森《あゆもり》結月《ゆづき》と知り合い、女神さまに試練を与えられた、翌朝。

俺は登校しながらぼんやりと作戦を考えていた。

むろん、どうやって試練をクリアするかについてだ。

クラスメイトと三分間会話する。

鮎森結月を頼れば簡単にクリアできると思っていたが、しかし冷静になって考えると、これが意外に面倒だった。無意識にステルス性能を発揮している俺と違って、彼女はただそこにいるだけで注目される存在だ。教室で声をかけたらいやでも目立ってしまう。好奇の視線を浴びるのは、できれば避けたい。それは彼女も同様だろう。ましてやあの厄介な性格だ。仮に勇気を出して声をかけても、ふつうに無視されそうな気がした。

こんなことならファミレスで連絡先を交換しておくんだった……。

とか後悔しているうちに学校に到着する。

教室に入って席に着くと、机のなかにレシートが入っていることに気がついた。

怪訝《けげん》に思いながら手に取ってみる。よく見るとそれは、昨日買い物をした書店のものだった。値段も時間も一致している。つまりこれを入れたのは、鮎森結月ということだ。

そして裏面にはこう書かれていた。

今日の昼休み、お弁当を持って西館の屋上前に来なさい。

——なるほど。この手があったかと感心した。

思わず鮎森結月《あゆもりゆづき》の席に目を向ける。彼女は文庫越しにさりげなくこちらを見ていた。

そして俺が無言でうなずくと、そのまま読書に戻った。

渡りに船とはこのことである。懸案事項が片づき、俺はすっかり上機嫌になった。

こんなにも昼休みが待ち遠しいのははじめてだ。

それにしても鮎森結月、昨日の今日でこんなふうにコンタクトを取ってくるなんて、なかなかかわいげがあるじゃないか。もしかして俺に惚《ほ》れちゃった？　だとしたら困るな。

俺はいずれ異世界に行く身だ。その想《おも》いには応《こた》えられないぜ……。

いやま、実際にはそんなわけねーだろうけど。

察するに、読み終えたばかりのラノベについて語り合いたいってところか。

カバンからくだんの本を取り出す。

昨夜のうちに読み終えていたが、せっかくなので軽く読み返しておこうと思った。

この学校の校舎は主に東館、西館、体育館、部室棟にわかれており、一般教室は東館、特別教室は西館に集まっている。

だから西館の屋上前はよほどのことがない限り、誰も立ち寄ったりしない。屋上への扉は施錠されているので外に出ることはできないが、こっそりと会うには打ってつけの場所だ。こういうところを指定してくるあたり、さすがぼっちと言わざるを得ない。

というわけで、お待ちかねの昼休み。

俺は鮎森結月からわざと何分か遅れて、教室を出た。廊下を進み、徐々にクラスの喧噪《けんそう》から離れていく。西館に入ると休み時間とは思えないほど静かになった。

もしこれでいなかったらどうしよう……と、すこし緊張しながら階段をのぼる。

「……おそいわよ」

杞憂《きゆう》だった。ちゃんといた。開口一番、むっとした顔で文句を言われた。

屋上前のスペースはちょっとした物置みたいになっていた。

無数の机と椅子《いす》が隅に重ねられている。そのうち二組を拝借したのか、机と椅子が向き合うように並んでおり、鮎森結月は奥側の席に座っていた。

天井にはいちおう、古ぼけた蛍光灯《けいこうとう》が設置してある。しかし使ってはいないため、一般教室より薄暗かった。ドアの一部がガラスになっており、そこから光が差しこんでいる。

その最大の光源を、彼女は背後から浴びていた。

ただでさえ綺麗《きれい》なブロンドが、より美しく際立っている。息をのむほどの輝きだ。

いやはや、この世界の女にしておくには惜しい逸材だな、と思った。

……ただし、性格がまともだったら。

「あんまり早すぎたら、ほかの人に怪しまれるかもしれないだろ」

「誰もあなたなんて見てないから大丈夫よ」

言い訳する俺に、彼女は嘲《あざけ》るような笑みを浮かべた。

うん、やっぱ異世界にはいらんな。

「とりあえずそこに座って。ほこりを拭《ふ》いておいてあげたわ。感謝しなさい」

「……ありがとうございます」

言われるがまま向かいの席に腰を下ろし、何気なく思ったことを口にする。

「ひょっとして、いつもここで食べてるの？」

「ええ。静かでいいでしょ」

「だな」

教師に見つかったらなにを言われるかわからないが、居心地は最高だった。

「あなたは普段、どこのトイレで食べてるの？」

「なんでトイレが前提なんだよ……」

さすがに便所飯はしたことないわ。ふつうに教室で食べている。

誰かに話しかけてもらえないかなー、と思っていた頃の名残だ。

「……ところで、変な勘違いはしてないでしょうね？」

巾着袋《きんちゃくぶくろ》から弁当箱を出していると、鮎森結月《あゆもりゆづき》がとげとげしい口調で言った。

「勘違いって？」

「今日あなたを誘ったのは、やむにやまれぬ事情があったからよ。だからべつに、あなたとお弁当を食べたかったわけじゃないんだからね」

……いや、そんなテンプレなツンデレ台詞《せりふ》で勘違いするなって言われてもな。

しかしツンデレとツッコんだら怒られるのはすでに学習しているので、

「事情ってなに？」と訊《たず》ねた。

「一口食べたら説明するわ」

「なんで一口？」

「いいからさっさとしなさい」

いまいち釈然としなかったが、腹も減っているのでとりあえず従っておく。

お互い一口ずつのみこんだところで、短いバイブ音が響いた。

「……失礼」

と断り、鮎森結月が箸《はし》を置いてスマホを取り出す。すいすいっと操作。

画面を食い入るように見つめ、ふふっと口元をほころばせた。

それだけでなく「やった」と小さくこぶしを握る。奇《く》しくも両腕で胸を挟むような姿勢になり、大変けしからんふくらみが、ぴちぴちとブラウスを押し上げていた。

なにか嬉《うれ》しい知らせでも届いたのだろうか……？

「どうしたの？」

「試練をひとつクリアしたの」

「試練……？」

「ええ、これよ」

彼女は自慢げに微笑《ほほえ》み、スマホの画面を見せてくれた。

「――えっ？」

驚きに目を見開く。

そこにはどこかで見たような、けれどちょっと違うアプリが表示されていた。

『試練1』と書かれた看板。

すらりとした美人のデフォルメキャラ。

吹き出しのなかの台詞《せりふ》は『〈クラスメイトとお弁当を食べる〉を達成しました』。

キャラが若干違うけど、これ、どう見ても女神さまのアプリ、だよな……？

と、そこで。

俺のスマホもポケットのなかでふるえた。

「ごめん」

俺も箸《はし》を置いて確認する。女神さまアプリからの通知だった。

開いてみると女神さまが笑顔で、

『〈クラスメイトと三分間会話する〉達成じゃ！』と言っていた。

——おお、やった。

「……なににやけてるのよ気持ち悪い」

「俺も試練をひとつクリアしたんだ」

「——っ」

画面を見せて答えると、鮎森《あゆもり》結月《ゆづき》は息をのんだ。

あと気持ち悪いは余計だから。たとえ実際にそうでも口にしないのが優しさだから。

「……もしかしてあなたも、女神さまと会ったの？」

「……やっぱり鮎森さんもそうなのか」

とりあえず情報を共有しようと、昨日の出来事を教え合う。

それがまあ、笑っちゃうくらい同じだった。

駅前で別れたあとトラックの幻影にはねられかけ、謎《なぞ》の空間で女神さまと出会い、けれどSPが足りず〝十二の功業〟を提案され、十個でいいでしょとケチをつけ、試練に挑むことになったとか。

違うのは、俺の女神さまはロリで、彼女のほうは綺麗《きれい》なお姉さんだったことだ。

正直そっちのほうが当たりじゃね？　と思ったけど、些細《ささい》なことである。

ちなみに鮎森結月《あゆもりゆづき》の担当女神いわく、なんでも天界では自動プログラムで異世界に関心がある人を随時リサーチしており、ある一定の基準を超えたものにはトラックが差し向けられる可能性が激増するのだとか。

なんでそんなことをしているのかといえば、異世界への転移を断る人もいるからだ。

さまざまな娯楽であふれる二〇〇〇年代以降はそれが顕著《けんちょ》になってきて、最初にそういうフィルターをかけておかないと人件費がかさんでしまうらしい。

人件費て……というツッコミはいまさらだからしないことにして。

まあ要するに、三時間近くも熱い異世界トークを繰り広げた俺たちは、同時にその基準を超えたってことだ。だからこれは断じてご都合主義ではないのだそうなのだ。

鮎森結月はじっとりとした目で俺を見た。

「……つまりあなたは自分の利益のために、このわたしを利用したってわけね？」

「いや、おまえが言うな」

昼食に誘うなんてかわいいところあるじゃん、と好感度をあげて損したわ。いや、べつに損はしてないけど。むしろそのおかげで、あっさり試練を達成できたわけで……。

「――あ、次の試練が来た」

と、鮎森結月がふたたびスマホをいじる。

どんな内容なのか気になったが、こちらにも同様の通知が来ていた。さきに自分のほうを確認する。俺のふたつ目の試練は――

『クラスメイトと十秒間手をつなぐのじゃ！』

……またなんというか、ぼっちにはかなり厳しい内容だな。

コミュニケーション系が多くなるとは聞いていたけど、ここまで露骨とは……。

鮎森結月が協力してくれるかどうかで、難易度は格段に変わってくる。

しかし会話と違って、『手をつなぐ』はちょっとハードルが高いな……。

ふつうに頼んでも『は？　なんであなたの汚い手にふれなきゃいけないのよ？』と拒否されてしまいそう……。

さて、どうしたものか。

いっそお金を渡すか？　と、わりと最低な発想が浮かんだところで、

「話は変わるけど、市宮《いちみや》くんの下の名前ってなんだっけ？」

鮎森結月がにこやかに訊《たず》ねてきた。

「……翼《つばさ》だよ」

いきなり愛想《あいそう》がよくなったことに戸惑いながらも、素直に答える。

「そう。じゃあこれからはあなたのこと翼って呼ばせてもらうわ。あなたもわたしを結月《ゆづき》って呼んでいいわよ」

「……いや、それは照れるから遠慮させてもらう」

「そんなつれないこと言わないでよ。わたしと翼の仲じゃない。ね？」

うそくさい笑顔で見つめられ、かわいらしくおねだりされる。あやしさ爆発だ。

「……そういう内容の試練なの？」

それ以外に考えられずストレートに訊《たず》ねる。

「……ええ、そうよ」

彼女はため息まじりに肯定した。ついでにスマホの画面も見せてくれる。

『クラスメイトと下の名前で呼び合う関係になること』と書かれていた。

「あなたのほうは？」

「俺はこれ」

お返しとばかりにこちらの画面を向ける。

「あぁ……やっぱりあなたもそういう感じなのね」

「試練だけあって、的確に俺たちの弱点を突いてくるな……」

苦々しく笑い合う。

「……でもさ、これってもしかして、すげえ楽勝なんじゃない？」

「……奇遇ね。わたしもちょうど、そう思いはじめたところよ」

「…………」

「…………」

コミュ障独特の間を置いて、俺はおずおずと口を開いた。

「……同盟を、結ばないか？」

「同盟？」

「お互いが速やかに異世界に行けるよう助け合うんだ。名づけて〝異世界転移同盟〟」

「そのまんまじゃない」

「こういうのはシンプルでいいんだよ」

「……ま、そうね。悪くない響きだわ」

彼女はくすりと笑ってくれた。今度は演技じゃなくて、本物の笑顔だろう。

「決まりだな」

俺も自然とやわらかな笑みを浮かべ、右手を差し出した。

「よろしく……結月」

「ええ、こちらこそよろしくね……翼」

彼女は俺の手を握り、頬《ほお》を染めてはにかんだ。

鮎森結月《あゆもりゆづき》――結月の手は想像以上に小さくて、すこし冷たかったけど、すべすべとしていた。感触的には妹のそれと大差ないはずなんだけど、まったく違うものに思えた。

十秒間、その状態を維持する。全身がやばいくらい熱かった。

「……あれだな、思ったより照れるな」

間が持たなくて、思わずそんなつぶやきがもれる。

結月は恥ずかしそうにそっぽを向いた。

「……いちいち口にしないでよ。余計に照れるじゃない」

「あ、ごめん……」

首尾よくお互いのスマホに通知が来たところで手を放す。

これまでの人生でもっとも長く感じた十秒だった。

そしてほどなく、三つ目の試練が送られてくる。

俺のほうは――『クラスメイトに十秒間ハグしてもらうのじゃ！』だった。

…………うわー、まじか。着実にハードルが上がってくな……。

手をつなぐだけでも顔から火が出る思いだったのに、ハグなんてされたら……。

まあ正直、役得ではあるけども。しかし、頼むのが地味に気まずいな……。

「……結月？」

スマホを見つめたまま固まっていたので、怪訝《けげん》に思って声をかける。

結月《ゆづき》は引きつった笑みをこちらに向けた。

「……翼《つばさ》。わたしたち、同盟を結んだのよね？」

「あ、うん」

「わたしの試練達成のために、なんでも協力してくれるのよね？」

「……俺にできることであれば」

「じゃあ、わたしと一緒に文化祭実行委員に立候補して」

「は？」

「……これがわたしの次の試練」

いまにも泣きそうな声音で、結月がスマホをこちらによこす。

その画面には無慈悲にも、こう表示されていた。


『文化祭の実行委員になって、クラスの企画を成功に導くこと』


……おいおいおい、なんだこのえげつない試練は。

字面を見るだけで頭痛がしてくるレベルなんですが……。

文化祭なんて修学旅行をのぞけば、ぼっちにとって一番つらい行事じゃないか。

なのにクラスをまとめて企画を成功させるとか、無茶《むちゃ》ぶりにもほどがある。

女騎士をオークの軍勢に立ち向かわせるくらい無謀なことだ。

おかげで、ハグがめちゃくちゃ良心的に思えてきたぞ……。

考えてみたらべつに女子でなくてもいいわけだしな。

まあ、相手が男子だとそれはそれでリスクがありそうだけど……。

しかし文化祭実行委員になることに比べたら、ホモ扱いされたほうがなんぼかマシだ。

どのみち異世界に転移する身だからな。残していく家族に迷惑がかからなきゃ、他人にどう思われたって構わない。

……となると、俺が取るべき行動はひとつしかない。

「結月」

俺は真顔で言った。

「同盟の件はなかったことに――」

「ふざけないで」

ですよねぇ……。

結月は冷然と告げる。

「協力してくれなきゃ、ここであなたに犯されたって泣きながら職員室に行くから」

脅迫がガチすぎてまったく笑えないんですけど……。

まさかここに来て、この女と知り合ったことが裏目に出るとは……。

まあ、しょうがない。このさき俺もハードな試練を与えられるかもしれないし、同盟は継続したほうが無難だろう。異世界のためだと割り切ってがんばろう……。

「ちなみに、翼《つばさ》の試練はなんだったの？」

「俺はクラスメイトにハグしてもらう」

「……なんか翼の試練、スキンシップが多くない？」

ジト目になる結月《ゆづき》。

「実はまったくべつの内容で、わたしとハグがしたいがために、そう言ってるわけじゃないでしょうね？」

「そんなわけねーだろ」

……仮にそうするなら、もっとエロい要求にするわ。いや、しないけどね。ちくしょうその手があったか！　なんてぜんぜん微塵《みじん》も思ってない。

「ちっ、どうやら本当のようね……」

スマホを突きつけて疑いを晴らすと、結月は苛立《いらだ》たしげに舌打ちした。

「……じゃあ、とりあえず、俺の試練に協力してもらっていい？」

「いやよ」

即答で拒否された。

「おい。同盟じゃなかったのかよ」

「さきにこっちの試練をクリアできたらしてあげるわ。やり逃げされるかもしれないから」

……語弊がありすぎる表現は面倒だからスルーして、

「俺はこう見えて律儀《りちぎ》な男だぞ。受けた恩はちゃんと返す」

「ハーレム上等な人に言われても信じられないわ」

「ぐっ……」

それを持ち出されると、なかなか反論が難しい……。

一夫一婦制のこの国では、ハーレムという言葉のイメージが悪すぎる……。

「……わかった。そっちが先でいいよ」

いくらごねても結月は折れないだろう。

だったらここは譲歩して、ごきげんを取っておいたほうが得策だと判断した。

方針がおおまかに決まったところで連絡先を交換し、それから食事を再開する。最初の一口しか食べてなかったので、再開というより食べはじめたといったほうが近いか。

今後のことを考えるとあまり食欲はわかなかった。

しかし、例のラノベのことに話題が及ぶと、憂鬱《ゆううつ》な空気は一掃された。

「やー、予想もつかない展開で、今回もめっちゃ面白かったな」

「そうね。パーティーの絆《きずな》が一段と深まって、今後がますます楽しみだわ」

「でも、竜騎士が裏切りそうでちょっと怖いよな」

「あー、たしかにそうね。個人的にはミスリードであってほしいけど」

「あの作者ならどっちもありえるから怖いんだよなー」

「それよね。主要キャラでもいきなり殺したりするんだもん……」

「だからこそ緊張感があって魅力的なんだけど」

「まあね。……毎度のラッキースケベだけはどうかと思うけど」

「いや、適度にああいう癒《い》やしがあるから、よりシリアスな場面が引き立つんだろ」

「それはわからなくもないけど、いちいち裸を出す必要ってある？」

「……ノーコメント」

口絵の肌色率で購入のモチベーションが変わってくる、と力説してもいいけれど、どうがんばっても共感は得られそうにない。俺は目をそらして口をつぐんだ。

「ちなみに、翼《つばさ》はこの世界に入ったらどの職業を選ぶ？」

「うーん、やっぱ聖騎士かな。魔法も使える剣士とか、ロマンだわ」

「へえー、ちょっと意外ね。盗賊とかのほうが向いてるんじゃない？　存在感ないし」

「……失敬な。異世界に行ったらばりばり活躍して、光のオーラとか放つし」

「ふふっ……想像したら似合わなすぎて笑えるわ。鎧《よろい》の重さでつぶれてそう」

「……筋肉はチートスキルでカバーするから大丈夫だよ」

「そういう結月《ゆづき》は、どの職業がいいんだよ？」

「わたしは神官かしら。ヒーラーってパーティーの要《かなめ》だし」

「えぇー、氷属性の魔法使いのほうが合ってるんじゃない？」

「は？　どういう意味？」

「……すいません、撤回するので許してください」

思いきりにらまれて、俺は即座に謝罪した。

いや、沸点低すぎやしませんかね……。

人にはさんざん失礼なことを言っておいて……。

氷じゃなくて炎だったか、という属性の問題はさておき、性格的には絶対アタッカー向きだろ。なんなら戦士でもいいくらいだ。

スタイルいいから、ビキニアーマーとか似合いそうだし。

もちろん口には出さない、っていうか出せないので、想像するだけにするけれど。

……まあ、そんで。

妄想はそこからさらに発展し、聖騎士の俺と神官の結月《ゆづき》でパーティーを組む場合、ほかにどんな仲間を入れるか話し合う。

男は入れたくないと俺が主張すると、意外にも結月は同意してくれた。

「え、まじで？　ハーレムでもいいの？」

「男が複数いたら、わたしをめぐって争いが起こりそうだしね」

「……相変わらずの自意識ですね」

「あとどっちみち、パーティー内での恋愛は禁止だから」

「なんでだよ。それじゃあハーレムの意味ねえじゃん」

不満を訴えると、結月は遠い目をしてため息をついた。

「……恋愛は、人間関係を狂わせるからよ」

「……お、おう」

なんというか、過去にいろいろあったんだろう。

サークルクラッシュ的なやつが……。

その闇《やみ》にふれるのもなんなので、この場は譲るしかなかった……。

まあ、異世界の魅力はべつにハーレムだけじゃないしな。

魔法やスキル、精霊や魔物、伝説の武具やアイテム、前人未踏のダンジョン。

お色気を抜きにしても、話は大いに盛り上がった。

……いや、ほんと。
結月と一緒にダンジョンを冒険するって妄想は。
そんなバカみたいな妄想を本気で語り合うのは。
とてもとても楽しかった。
幸い、結月もそう感じてくれたらしい。
「今日のお弁当は、これまでで一番おいしかったかも……」
と、そんな殊勝なことをつぶやいていた。
食事を終えて教室に戻る間際、昼休みは毎回ここに集合しようということで合意した。
これだけでも同盟を結んだ価値はあったかもしれない。

金曜日の五時間目。HR《ホームルーム》がはじまる。

議題は文化祭のことで、まずは担任からひと通りの説明を受けた。

それによると我が校の文化祭は、毎年六月半ばに開催される。

世間的には秋にやることが多いけど、二学期は受験が迫っていたりほかの行事もあったりで忙しいので、一学期中にやってしまおうということらしい。

今年は、六月の第三金曜日と土曜日の二日間。ちょうど三週間後である。

一日目は校内のみで、二日目が一般公開。

そして肝心のクラス企画についてだが……これがけっこう制限が厳しかった。

特に食べ物に関してはうるさい。まず火を使うことがNG。包丁を持ちこむのも禁止。

許されているのは既製品を電子レンジで温めるだけ。予算も当然のようにすくない。

しかも必死に工夫して利益を出しても、学校側に全額回収されてしまう。

そんな環境で、生徒たちがモチベーションを高められるはずもない。

部活の先輩から教わったのか、教室内では『うちの文化祭はぶっちゃけしょぼい』という噂《うわさ》がちらほら飛び交っていたが……さもありなんといった感じだ。

なので例年、やる気にあふれた一部のクラスをのぞき、大半のクラスはおざなりな――つまり手間暇がかからない楽な――企画に落ち着くらしい。

俺の所属する一年B組も例外ではなかった。

説明が終わり、仕切りが担任から学級委員に交代して、すでに十分以上……。

実行委員を男女ひとりずつ選出せねばならないのだが、未《いま》だ立候補ゼロの状態が続いていた。自分でなければ誰でもいいという空気で、はっきり言ってぐだぐだである。

まあでも、これは俺たちにとっては好都合だ。

ほかにやる気のある人がいて決選投票になったら、ぼっちに勝ち目はないからな……。

なんて切ないことを考えていると、結月《ゆづき》からＬＩＮＥが送られてきた。

『いつまでぼさっとしてるのよ。早く立候補しなさい』

初メッセージの文面がこれかよ……。

軽くため息をつき、こっそりやりとりをする。

『いや、それはこっちの台詞《せりふ》だし。結月が立候補したら俺もするよ』

『翼《つばさ》がさきに立候補して』

『なんでだよ』

『直前で怖《お》じ気《け》づかれたら困るからよ』

ほんと信用ないなぁ……。

『それであなたが承認されたら、わたしを推薦して』
『……なんかそれ、ずるくない？』
立候補と推薦、どちらがより矢面《やおもて》に立たねばならないか？
考えるまでもない。あきらかに前者だ。
そうなると同じ実行委員でも、俺がメインで結月《ゆづき》がサブって扱いになるだろう。
『わがままは美少女の特権だって、とあるラノベのヒロインが言ってたわ』
あ、この女、開き直りやがった。
『いや、結月の試練なんだから、結月がメインでがんばるべきでしょ』
『正論はやめて』
じゃあなんて反論すればいいんだよ……。
『成功したあかつきにはわたしにハグしてもらえるのよ？　身を粉《こ》にして働きなさい』
……ハグだけじゃ割に合わないぞ。せめて胸くらいは揉《も》ませてもらわないと……。
しかしそんな要求をしたら、ますます信用を失ってしまう。
俺自身はまだいいが、異世界厨《ちゅう》のハーレム派閥まで侮辱《ぶじょく》されるのは心外だ。
ここは前向きに、彼女の信頼を得られるようがんばってみるかね……。
ただし覚えてろよ？
いざ本当に『胸を揉む』みたいな試練が出たら、全力で揉みしだいてやるからな！

『……はいはい、わかりましたよ』

返信を送って、俺はスマホをポケットにしまった。

一度大きく深呼吸して、意を決し、こわごわと手をあげる。

――は？　ぼっちがなに粋がってるの？

などと心ない暴言を吐かれたらどうしようかと思ったが……。

幸いうちのクラスのリア充たちは、結月よりよほど優しかった。

「え、市宮《いちみや》が……？」「お、おう……」「まあ、いいんじゃね……？」「た、助かるわ」

というなんとも微妙なリアクションをされつつも、ぱちぱちと拍手をいただいた。

ほっと安堵《あんど》の息をつく。とりあえず最初の難関は突破した。

「では、ここからは市宮くんに議長をお願いします」

「……あ、はい」

俺は席を立ち、学級委員に代わって教壇にあがる。

教室全体が視界に入り、その光景に軽く目眩《めまい》がした。

――自分は領主で、目のまえの人たちは臣下や領民である。

そう思いこむことで、なんとか精神を保つことができた。異世界厨的ライフハック。

異世界ラノベに『内政』というジャンルがなければ即死だったな……。

「え、えーと……じゃあ、女子のほうで、やってくれる人、いませんか？」

いきなり推薦するのもあれなので、まずはそう呼びかけてみる。

案の定、立候補してくれる人はいなかった。

わかっちゃいたけど、なんかちょっとへこむな……。

クラスの女子全員から振られたみたいな気分だ……。

まあ、気にしても仕方がない。それにいまつらければつらいほど、異世界に転移したときの達成感も増すだろう。そう自分に言い聞かせて、気持ちを切り替える。

んじゃ段取りどおり、推薦させてもらうかね、と思ったところで——


「……やってもいいわ」


教室後方から控えめな声があがった。

「——っ」

息をのんで目を向ける。結月《ゆづき》が立ち上がっていた。

それは誰にとっても予想外のことで、数秒、教室が静寂に包まれる。そして、

「——まじで⁉」

という誰かの悲鳴にも似た叫びを皮切りに、

「鮎森《あゆもり》さんが！」「なんで⁉」「どういうこと⁉」「姫がご乱心か⁉」

あちこちで驚愕《きょうがく》の声があがった。

さすがは鮎森結月である。

俺が道ばたの石ころなら、彼女はふれちゃいけない禁忌の宝石。

同じ石《ぼっち》でも、俺とは影響力が段違いだ。教室は大混乱に陥った。

不届きな男子が「しまった、鮎森さんがやるならオレも立候補しておけばよかった！」などとのたまい、「たしかに」「それな」と周囲の男子が同調し、「サイテー」「これだからバカ男子は」と女子からひんしゅくを買っていた。それ以外にもわいわいがやがや。

「……えーと、皆さん。鮎森さんでよければ、承認の拍手をお願いします」

俺がそう声を張りあげると、すぐさま一斉に拍手が起こった。

俺のときの五倍以上は盛大だった。べつに不公平だとは思わないけどね。


めでたく俺と結月が文化祭実行委員に就任し、議題はクラスの企画についてに移る。

結月は教壇にあがるやいなや、素早くチョークを握りしめ、

「わたしが書記をやるから、あなたは仕切りをよろしく」

と、自然な流れで議長を俺に押しつけた。

……まあ、元よりそのつもりだったからいいけどさ。

「や、やりたいことがある人は、挙手してください」

意見を募る。

すると、さっきまでの沈滞した空気とは打って変わって、活発に議論が交わされた。

『お化け屋敷』だとか『メイド喫茶』だとか『演劇』だとか、矢継《やつ》ぎ早《ばや》に提案される。

間違いなく、結月《ゆづき》が実行委員になった効果だろう。

興味はあっても誰も近づくことはできなかった鮎森《あゆもり》結月が、クラスのために面倒な仕事を引き受けてくれた。これはちょっとした事件なのだ。なんというか、なんの名産もない田舎《いなか》に王族が視察にきてくれた、みたいな感じ。いや、このたとえはちょっと違うかもしれないけど、とにかく期待されていることはたしかである。

これを機に彼女のことをもっと知りたい。だから盛り上がっていこうじゃないか。

たぶんそういう雰囲気だった。

おかげで俺は挙手した人を指名するだけでよく、思ったより楽できた。

むしろ、次々と出てくる意見を書かねばならない結月のほうが大変そうだった。

…………で。

どうせやるなら、ちょっと変わったことがやりたい。

そんな個性を求める若者らしい方針によって、我がクラスの出し物は、

――『リアル脱出ゲーム』に決定した。

謎《なぞ》を解いたり手に入れたアイテムを駆使《くし》したりして、その名のとおり、とある場所から脱出する体感型のゲームである。

なかなか悪くない企画だな、と俺は他人事《ひとごと》のように思った。

教室でも充分にできそうだし、お化け屋敷ほど安易ではない。もしほかのクラスでやっていたら、ちょっと入ってみたいと思うだろう。

問題は、誰が肝心のシナリオや設定を組むんだってことで……。

そしてそんな責任重大なことは、実行委員が引き受けざるを得なくて……。

「えーと……では、来週のこの時間までに、こちらでおおまかな内容を考えておきます」

……そういうことになった。

まあ、これくらいはしょうがないか。

やる気がない連中を率いる、という最悪の事態を回避できただけでも御《おん》の字である。

HR《ホームルーム》が終わったあと。俺は結月にＬＩＮＥを送った。

『なんで俺からの推薦を待たないで、自分で手をあげたんだ？』

『なにか文句でもあるの？』

『文句はないけど、理由はちょっと気になるかな』

『……あなたに丸投げは、さすがに無責任だと思ったのよ』

その点については、できれば最初から気づいてほしかったな……。

『あと、女子全員があなたと組むのをいやがってるところを見て、同情したの』

『女子がいやがってたのは俺と組むことじゃなくて、実行委員になることだろ！』

そりゃ相手が俺だとより抵抗感は増すかもしれないけど、そこはふれないでおこうぜ。まじで。頼むから。うっかり死にたくなっちゃうから……。

『そうね。うちのクラスにいじめはないもの。誰もあなたを嫌ってないわ』

好かれてもないけどな。つまり関心がないのだ。切ねぇ……。

『そうだな。なにしろ性格最悪の結月《ゆづき》が嫌われてないくらいだからな』

『……ええ、それはちょっと意外だったわ』

『嫌われてると思ってたの？』

『常識的に考えて、わたしみたいのは嫌われて当然でしょ？』

『たしかに』

『ぶっとばすわよ』

『……ごめんなさい』

『……まあでも、翼《つばさ》にはお礼を言っておくわ』

『ありがとう。あなたと出会えてよかったわ』

……おっと、いつになく素直な言葉である。文章だからだろうか。

軽く動揺しつつ、なんて返そうか考えていると、追加のメッセージが飛んできた。

『だからこれからも仕切りはよろしく』

……ちっ、そういうオチかよ。俺のときめきを返せ。いや、そんなにはときめいてないけど。あれ、もしかしてこいつかわいくね？　と、ほんのちょっと思っただけだ。

まあ、しかし、あれだ。

結月が立候補してくれたとき、実はけっこう嬉《うれ》しかったので、

『……はいはい、かしこまりましたよ』と返してやった。

我ながらちょろいと思うけど、美少女に特権を使われるのは、存外悪くはなかった。


土日を挟んで、月曜の放課後。

「これから時間ある？　文化祭の打ち合わせをしましょう」

と結月に誘われ、俺たちは駅前のファミレスへとやってきた。

客の入りは満席の一歩手前といった感じ。

暇を持て余した学生や、夕食前に歓談する奥様方が目についた。

隅っこのふたり席に向かい合って座り、ドリンクバーとバニラアイスをそれぞれ注文。

俺がメロンソーダ、結月《ゆづき》がアイスティーを注いできた。

とりあえずテキトーに雑談し、アイスがやってきたところで、本題に入る。

「で、なにか具体的な案はある？」

結月の問いかけに、俺はアイスを一口食べてうなずいた。

「あるよ」

「え？　あるの？」

目をぱちくりさせる結月。

「……なんで意外そうなのさ」

「……こっちがノープランだからに決まってるでしょ」

結月はすこし気まずそうに、けれど堂々と言い切った。

よくそれで話し合いを持ちかけてきたな……。

いや、なにも思いついてないからこそ、話し合う必要があったのか。

「じゃあとりあえず、その案とやらを聞かせてもらいましょうか」

……無駄に上から目線なのは照れ隠しだろうか。いつものことなのでわかりにくい。

「口で説明するより、これを読んでもらってもいい？」

俺はカバンからコピー用紙の束をふたつ取り出し、テーブルに置いた。

「……な、なにこれ？」

「企画書っていうとおおげさだけど、まあ、そんな感じのやつ。まだ叩《たた》き台《だい》だけど」

それぞれクリップで留めてあり、A案が五枚、B案が十枚ある。

結月はまずA案のほうを手に取り、ぱらぱらとめくる。

「へえ……ちゃんと見やすく整ってる。こんなのいつ作ったの？」

「そりゃ土日で」

「……大変だったでしょ？」

「まあ、それなりに」

このふたつの案を作るため、ネット上にあるさまざまな脱出ゲームを研究し、妹に付き合ってもらってわざわざ本物のリアル脱出ゲームも体験してきたからな……。おかげで、

『文化祭の取材に妹を付き合わせるなんて、お兄ちゃんガチで友達いないんだね……』

と、妹から哀《あわ》れまれて泣きそうになった。

「……てゆーか、こんなのあるなら昼休みの時点で渡しなさいよ」

「もうちょっと練ってから見てもらおうと思ってたんだよ」

「……同盟なんだから、ひとりで勝手なことしないで」

「いや、文句を言われる筋合いはないだろ」

「あるわよ」

結月《ゆづき》はくちびるをとがらせて、不満げに告げる。

「こんなことされたら、わたしが一方的にお礼を言わなきゃいけないじゃない」

「言えばいいじゃん」

「…………あ、ありがとう」

「どういたしまして」

「……く、屈辱《くつじょく》だわ」

ほのかに頬《ほお》を染めて、結月はそっぽを向いた。

今度は確実に照れ隠しだとわかった。

「……これで中身がしょぼかったら、土下座してもらうからね」

「なんでだよ」

「このわたしに無理やりお礼を言わせたんだから当然でしょ。翼《つばさ》の分際で」

……照れ隠しなら、なにを言ってもいいってわけじゃないからね？

「ふふ、これからたっぷりじっくりあら探ししてあげるから、覚悟しなさい」

「いや、ふつうに確認しろ」

「うるさい。ちょっと黙ってて」

……まあ、それだけ真剣に読みたいってことだと解釈しよう。

結月は気持ち居住まいを正し、手にしていたA案から読みこんでくれる。

こちらはB案よりも内容は薄いが、個人的には本命だった。

参加者は何者かに眠らされて、とある学校の教室に閉じこめられる。暗号を解き、落ちているアイテムを使い、脱出のカギを手に入れることができたらクリアだ。ストーリーはあってないようなものだけど、それなりに楽しめる内容になっていると思う。

なにしろネットにあったものをいろいろ組み合わせたからな……。褒められた行為じゃないけど、商売っ気のない文化祭である。これくらいは勘弁してもらいたい。

ちなみにこれの最大の強みは、舞台が教室という点である。

すなわち、準備がめちゃくちゃ楽ってこと。

アイスを食べ終え、待つことしばし。

「……つまらないわ」

A案を読み終えた結月が口を開いた。

「え、土下座ですか？」

「……土下座をさせられなくてつまらないって意味よ」

結月は悔しげに言った。

「ふつうによくできてるじゃない」

「……ならよかった」

ほっと胸をなで下ろす。苦労した甲斐《かい》はあったみたいだ。

「てか、よく土日だけでこれを作れたわね。感心しちゃったわ」

むしろ思った以上に好評だった。

あんまり褒められてもむずがゆいな……。

「……まあ、ネットにあるゲームをいろいろパクったからね」

と、白状した。

「ふうん……なるほど、そういうことね」

A案の束をテーブルに置いて、結月《ゆづき》がグラスを手に取る。

ゆっくりとストローをくわえて、半分ほど残っていたアイスティーを飲み干した。

グラスを置いて、口を開く。

「でもいろいろってことは、そのまんま持ってきたわけじゃないんでしょ？」

「そりゃね」

「だったら、べつにいいんじゃない？」

罵倒《ばとう》されることを覚悟したが、案外あっさりしたものだった。

「あきらかに設定パクってるラノベとかも珍しくないし」

「……それは、あれだろ。需要のあるジャンルで最適なストーリー展開を突き詰めた結果、たまたま似通ってしまっただけだろ」

「えぇー、そうは思えないものもあるわよ？」

「わかった。そこを掘り下げるのはやめよう」

「たとえば――」

「よし、次の案を見てくれ」

問答無用でB案の紙束を押しつける。

結月は「なにびびってるの？」と小首をかしげつつも、素直に従ってくれた。

B案の表紙をめくり、また頭から読みはじめる。

その様子をじっと見つめるのもなんだ。俺はいったんトイレに立ったり、ドリンクのおかわりを持ってきたり、スマホをいじったりしてぼんやりと待った。

どれくらい読み進めたかなと思い、ふと結月のほうを見る。

真剣な顔で熟読していた。

枚数はまだ半分くらいだろうか。さきほどよりもだいぶ時間がかかっている。

……………B案は、見せないほうがよかったかもしれない。

徐々に後悔の念がわいてきた。

こちらは言うなれば、捨て案だった。

あえていまいちなものを見せることで、A案を通しやすくしようと思ったのだ。

だから内容もテキトーだ。というか、趣味全開である。

舞台は異世界。

チート能力を得て転移してきた仲間たちと、魔王にさらわれた姫を救い出す設定。

世界観や能力については、無駄に細かく記述した。

枚数が多い原因はそれである。作っているうちに楽しくなってきたのだ。

せっかく作ったものを削るのもあれなので残しておいたけど、まさかこんなにじっくり読まれるとは……。

……やばい。めっちゃ恥ずかしくなってきた。

考えてみれば、自分の性癖をさらけ出すようなものだしな……。

結月《ゆづき》相手になにをいまさらって感じもするけど、口で伝えるのとはなんか違った。

文章だとよりダイレクトっていうか、勢いでごまかせないっていうか……。

深夜に書くラブレター的な情念がにじみ出ちゃってるかもしれないし……。

実際そういうテンションだった気がするし……。

しかも待っているあいだ、それを言い訳できないのがすげえしんどい……。

いまからでも奪い取って破り捨てるべきだろうか……と葛藤《かっとう》していたら、

「……翼《つばさ》」

結月がおごそかに口を開いた。時すでに遅し。読み終えてしまったようだ。

「こっちのほうも、ほかの作品をパクったりしてるの？」

「……いや、そっちはわりとオリジナルかな」

RPG的な世界観、異世界転生もののラノベが下敷きにあるので、それこそ『たまたま似通ってしまった』部分もあるとは思うけど、すくなくとも著作権で訴えられることはないはずだ。

そのぶんクオリティはA案よりも数段落ちる。

特に謎《なぞ》解きのギミックが我ながらしょぼいと思っていた。

「ふっ、でしょうね」

にやにやと、結月はサディスティックな笑みを浮かべた。

「こんな気持ち悪い設定を考えられるの、世界で翼くらいだと思うわ」

「うぐっ……」

「衣装は無駄に露出度が高いし、仲間になるNPCはみんな美少女だし、助けた姫のサンプル台詞《せりふ》が『お礼になんでもしてあげます！』だし。文化祭の企画だってわかってるの？クラスメイトにどんな卑猥《ひわい》な台詞を言わせるつもりよ、このド変態」

「ぐはっ……」

結月が放った言葉の弾丸によって、俺のハートは粉々になった。

「それ以外にもツッコミどころは山ほどあるわ。ひとつずつ処理してもいい？」

「……す、すいません……もう勘弁してください……悪気はなかったんです……」

泣きそうになりながら謹《つつし》んでお詫《わ》びする。穴があったら一生入りたい……。

そんな俺の醜態《しゅうたい》がお気に召したのか、結月《ゆづき》はくすりと笑った。

「……まあ、でも、そうね」

そして言った。

「それ以外の点は、評価しなくもないわ」

「え？」

きょとんとする俺に、結月がまくしたてる。

「特殊な力に目覚めた仲間たちと力を合わせて、囚《とら》われのお姫さまを魔王から助け出す。いいじゃない。ベタベタだけど、変に奇をてらうよりは好感度高いわ。それに武器とか魔法とかの設定もかっこよくて……悔しいけど、引きこまれた」

「……ほんとに？」

「ええ。すくなくともひとつ目の案よりは、ずっと面白かったわ」

はにかむように笑って、結月はそう言ってくれた。

どきりと胸が高鳴る。

……いや、これは卑怯《ひきょう》だ。

普段は冷たい美少女が、極上の笑顔で自分の趣味を肯定してくれたら——

そりゃ、ときめくに決まってるだろ。

「まあトータルで見ると、断然気持ち悪さが勝ってるけど」

「…………」

「こんなものを女子に読ませるとか、つくづく翼《つばさ》って頭おかしいわよね」

「…………」

「真面目《まじめ》に一度、病院で診てもらったほうがいいんじゃない？」

「…………」

熱くなった胸が瞬間冷却された。

……そうだった。こいつはこういう女だ。

あぶない、あぶない。うっかり本気で惚《ほ》れるところだった……。

「……で、けっきょくどっちの案を採用するんだ？」

ややふてくされて訊《たず》ねる。

「もちろん異世界のほうよ。気持ち悪い部分はすべて改変させてもらうけどね」

……いくらなんでも気持ち悪いって言いすぎだろ。

抗議したらやぶ蛇になりそうだからスルーするけど。

「手間を考えたらA案のほうがいいんじゃない？」

「それについては心配いらないわ」

「なんで？」

「だって働くのはわたしじゃなくて、クラスメイトたちだもの」

「……それを指揮するのは俺なんだろ？」

「期待してるわ」

結月《ゆづき》は満面の笑みでうなずいた。

……あー、くそ。顔とスタイルはほんといいからずるいよな。

これで美少女じゃなかったらぶん殴ってるところだ。

早く異世界に転移して、荒《すさ》んだ心を究極のハーレムで癒《い》やしたい……。

「じゃあ、ばりばり直していくわよ」

「はいよ」

……そのためにも、せいぜいがんばるとするかね。


というわけで。

まずは全体の流れについて話し合う。どういうふうにはじまり、どういうふうに終わるのか。続いてシナリオの長さ、制限時間、バッドエンドをどうするか。さらに謎《なぞ》解きやアイテムの使い方、案内役の妖精《ようせい》の設定まわりなど、意見を出し合って調整していく。

もともとハーレムという一点をのぞけば、俺たちの好みはわりと近い。

そして文化祭の企画である以上、それについては俺が妥協せざるを得ないわけで……。

だから幸い、衝突することはほとんどなかった。

むしろめちゃくちゃ盛り上がった。

文化祭の準備をしているのか、ふたりの『理想の異世界』を作っているのか、たまにわからなくなるほど楽しかった。公私混同も甚《はなは》だしいけど、一生懸命であることはたしかなので、これくらいの役得はご容赦願いたい。

あっという間に時間が過ぎて、気がつくとすっかり夕暮れだった。

名残惜しいがお開きとなる。

進捗《しんちょく》的にはどうだろう。可もなく不可もなくって感じか。順調ではあったがやりたいことを次から次へと思いついてしまい、まだまだ先は長そうだった。

まあでも、金曜までにできていればいいので焦る必要はない。

ちなみにこの日の会計は、なんと結月がしてくれた。

「……ベースになる企画書を作ってきてくれたお礼よ」とのこと。

素《そ》っ気《け》ない態度ではあったが、本気で感謝してくれているのは伝わってきた。

遠慮するのも無粋だと思い、お言葉に甘えさせてもらった。

翌日以降も昼休みや放課後に話し合い、俺たちはぎりぎりまで改良を続けた。
とにかくやりたいことはすべて詰めこんだ。
その甲斐《かい》あって、満足のいくものができたと思う。
題して。

『リアル謎《なぞ》解きRPG　～最強の剣と魔法で、異世界の姫を救っちゃう？～』

である。

——作業量おおすぎじゃねえっ⁉
という指摘に目をつむれば、クラスのみんなにも好評だった。

そんなこんなで、日々が過ぎる。

臣下や領民——もとい、クラスのみんなはよく働いてくれた。

ただ、あるものが圧倒的に不足していて、能率はあまり芳《かんば》しくなかった。

……まあ、あるものっていうか、俺のコミュ力なんだけど。

領主になりきるのも限度があった。


指揮するうえで一番厄介だったのは、人員の割り振りである。

できるだけ親しい人が同じ班になったほうがいいと思ったが、クラスの人間関係がいまいちわからず、作業によって人が多すぎたり、逆にすくなすぎたりした。

「いっそ、やらなきゃいけないことをリスト化して、各自の判断にまかせちゃえば？」

頭を悩ませる俺に、結月《ゆづき》が提案した。

「いや、それはさすがにダメだろ」

「そうかしら？　みんなやる気はあるみたいだし、きちんと優先順位を提示すれば、案外うまくまわるんじゃない？　言うなれば、クエストを発注するのよ」

「……なるほど。やってみるか」

領主から冒険者ギルドの運営にクラスチェンジである。

書式やデザインにこだわった依頼書を作成し、それを黒板に貼《は》りつけた。

ラノベを読まない人でも、ドラクエやモンハンは知っている。

クエスト方式は思ったよりもウケて、結月《ゆづき》の言ったとおりになった。

さすがは俺の同盟相手である。


おかげで準備は着々と進む。

とはいえむろん、小さなトラブルは毎日のように起こり、それなりの苦労もあった。

『鮎森《あゆもり》結月と市宮翼《いちみやつばさ》は付き合っているんじゃないか？』

という疑惑が持ち上がって結月がキレたり、

『てゅーか、市宮翼は知ってたけど、鮎森結月も実はそうとうのキモオタじゃね？』

という疑惑（これはほぼ事実だけど）が持ち上がって結月がキレたり、

『市宮翼は鮎森結月に弱みを握られていて、奴隷のように扱われているらしい』

という疑惑（これもだいたい合ってる）が持ち上がって結月がキレたりした。

そのたびに西館の屋上前で——教室ではクールキャラを保ちたいようだ——結月はわなわなとこぶしを握り、金髪を振り乱し、胸をぷるんと揺らして、俺に当たり散らした。

「なんでわたしが翼みたいなどうしようもないハーレム厨《ちゅう》と付き合わなきゃいけないのよ！　こんな侮辱《ぶじょく》ははじめてだわ！」

「そうだな、俺もはじめてだ……」

「たしかにオタクかもしれないけど、キモくはないわ！」

「そうだな」

「キモいのは翼だけよ！」

「……えぇー」

「奴隷ってなによ！　異世界じゃあるまいし！　そんなひどい扱いしてないわよね？」

「…………」

「なんで目をそらすの？」

「…………」

「こっち見て否定しないとぶっとばすわよ」

「そういうとこだろ！」

……まあ、うん、些事《さじ》といえば些事である。

結月《ゆづき》の毒舌にもすっかり慣れてしまったしな。

そんなわけでこのあたりの詳細は、ばっさりと割愛《かつあい》させていただく。

逆に言うと、割愛できない波乱も起こってしまったというわけで……。


——悲劇は、文化祭当日の朝に起きた。


せっかくの文化祭なのに、その日は朝から雲行きが怪しかった。

降水確率は70％。梅雨《つゆ》らしい一日になるだろうと、お天気キャスターが言っていた。傘を持って家を出ると予報は的中。学校まであとすこしというところでぱらつきはじめ、俺は鬱陶《うっとう》しく思いながら傘を差した。

学校に到着する。校舎に入ったところで時刻を確認した。七時五十分。いつもより三十分以上早い登校である。準備はおおかた終わっているが、全体のチェックなど細かい作業がいくらか残っているため、俺と結月は八時に来ることになっていた。それ以外の人も、できたら早めに来てほしいと頼んである。

「おはよう」

下駄箱《げたばこ》で上履きに履き替えていると、後ろから声をかけられた。結月である。

「おはよう」

「……雨、降ってきちゃったわね」

結月も上履きに履き替えつつ、残念そうに眉根《まゆね》を寄せた。

「だな」

「今日はどっちみち校内のみだからいいとして、明日までにやんでくれるかしら」

「天気予報いわく、明日は晴れるって」

「そう。ならよかったわ」

孤高の存在だった鮎森《あゆもり》結月と、ごく自然に挨拶《あいさつ》をして、何気ない会話を交わしている。

思えば遠くまで来たものだと、妙に感慨深い気持ちになった。

「成功するといいな」

「してくれないと困るわよ。異世界に行くための試練なんだから」

「あー、そういやそうだった」

「忘れてたの？」

あきれたような目つきで見られる。

「……いや、思ったより緊張してて、ほかのことを考える余裕があんまなくてさ」

「情けないわね。男なら堂々と構えてなさいよ」

男らしく女らしくってのは好みじゃないが……たしかに情けないよりはいいか。

試しに強キャラを気取ってみる。

「――俺が絶対、成功に導いてやんよ」

「ちっ」

「舌打ち!?」

「思いのほかイラッとしたわ。特に『やんよ』の部分が。まだいつものほうがマシね。つまり翼《つばさ》は発言する時点で詰《つ》んでるってことね」

「……黙るしかないってことですか」

「でもツンデルって新しい属性みたいでよくない？」

「よくない」

「てゆーか、早く教室に行きましょう」

「……ですね」

立ち話を切り上げて教室に向かう。

一年の教室は四階にある。ちなみに二年が三階で、三年が二階。

一階の廊下は静かだったが、二階に差し掛かるとうっすら喧噪《けんそう》が聞こえてきた。俺たちのようにぎりぎりまで粘ろうとしている先輩方だろう。高校生活最後の文化祭だからか、うちの学年よりもにぎやかに感じた。

その活気につられて俺も高揚《こうよう》してくる。学校行事をことごとく嫌ってきた俺が文化祭を楽しみに思うなんて、これが最初で最後だろう。軽やかな足取りで四階まであがり、廊下を進み、一年B組の教室に入った。

そこは妖精《ようせい》の住む、剣と魔法のファンタジー世界……。

机や椅子《いす》は昨日のうちにどかされ、『森』、『荒野』、『魔王城』と三つのステージが用意されている。我がクラス渾身《こんしん》のセットだ。それぞれ見事な出来映えである。

特に力を入れたのは、発泡スチロールでできた魔王城だ。

巨大なジェンガのように積み重ねられており、高さは天井近くまである。

幸運なことにうちにはふたりの美術部員がいて、本物そっくりの質感に仕上がっていた。

これを、最後に魔法で崩壊させる。

お客さんの詠唱に合わせて、裏方のスタッフが土台をヒモで引っ張るのだ。

魔法を使う快感とサプライズを提供したいという、俺と結月《ゆづき》こだわりの演出である。

もちろんそのたびに組み直さなくてはいけないが、設計じたいは単純なので、数分で元に戻すことができた。

「それじゃあわたし、さきに着替えてくるわね」

カバンをロッカーにしまい、結月《ゆづき》が言った。

「え、もう？」

「直前になって慌てるよりはいいでしょ」

結月には、囚《とら》われのお姫さま役をやってもらうことになっていた。

言うまでもなく、ルックスを生かしたキャスティングである。

そしてこれも言うまでもなく、その際には一悶着《ひともんちゃく》あった。

『……なんでわたしがそんなことしなきゃいけないのよ』

『実行委員だからだよ。それがいやなら案内役の妖精《ようせい》をやってもらうぞ』

案内役は台詞《せりふ》量が多く、群を抜いて大変なキャストだ。

その後も『結月が姫なら絶対に盛り上がる』『クラス全員が期待してる』『試練のためと思って割り切ってくれ』と説得を続け、しぶしぶながらも承知してもらった。

しかし、やっぱりまだ着替えるには早いような……。

お姫さまのドレスを汚すわけにはいかないし、直前のほうがいいんじゃないかと思う。

……まあでも、それだけ結月も楽しみにしている、ということか。

口ではなんだかんだ言っても、内心ではお姫さまに憧《あこが》れがあるのかもしれないし。

水を差すのもなんなので、俺は「そうだな」とうなずいた。

結月が衣装を持って教室を出て行き、ひとりきりになった直後。

「いよいよじゃの」

「──わっ⁉」

横から声をかけられた。

驚いて振り向く。いつからそこにいたのか、女神さまが立っていた。

「──え？　なんでこんなところにいるんですか？」

「休日で暇じゃったから、ちょっと遊びに来たのじゃ」

唖然《あぜん》として訊《たず》ねると、女神さまはこともなげに答えた。

「……そんな気軽に地上に来られるんですね」

「まあな。いろんな世界を見て回るのは楽しいぞ」

「あー、いいですね」

「ただ、それなりにMPを消費するのが難点じゃ」

「……マジックポイントの略ですか？」

「いや、女神ポイントの略じゃ」

「……てゆーか、なんでうちの制服着てるんですか？」

「ほかの人に見られてもいいようにじゃ。似合うじゃろ？」

貴族のご令嬢のように、スカートを軽く持ち上げてみせた。

「……まあ、そうですね」

たしかによく似合っている。

問題は体格だ。いくらうちの制服を着ても、高校生にはとうてい見えない。

……まあ、ほぼ全裸の羽衣《はごろも》よりはマシなので、なにも言わないでおいた。

ちなみにその制服もＭＰで創造したものらしい。さすが女神さま。便利だ。

「それにしても、この城壁はなかなか見事じゃの」

魔王城をしげしげと眺めて、女神さまが感心したようにつぶやいた。

「わかります？」

「うむ。べつの世界で本物を見たことあるが、かなりいい線いってるな」

「おー、それは嬉《うれ》しいお言葉ですね。ありがとうございます」

「しかもこれ、最後には崩壊させるんじゃろ？」

「あれ、よく知ってますね」

「天界からちょいちょいチェックしてるからな」

「あ、そうなんですね」

「汝《なんじ》はけっこう見てて面白いぞ」

「本当ですか？」

「ああ。ほかの女神も笑えるって言ってた」

「……そりゃどうも」

あまり嬉しい評価ではないが、まあ、嫌われるよりはいいか……。

「あ、そうだ。せっかくだし、ちょっと試してみます？　城を崩壊させる演出」

「お、いいのか？」

「はい。どっちみち最終テストはするつもりだったので、よかったら体験して、ぜひ女神さまのご意見を聞かせてください」

「そういうことなら力になろう」

「じゃあ、俺が合図したら呪文《じゅもん》を詠唱してください」

「うむ」

俺は城の裏側にまわり、土台につながっているヒモを握った。

「いいですよー」

数秒の間を置いて、女神さまが高らかに唱える。

「女神が命じる――エクスプロージョンっ！」

刹那《せつな》。

魔王城が吹っ飛んだ。

……ただし、俺が崩壊させたのではなく。

素材ごとばらばらに砕け散った。


「――はあああああああああああああっ……!?」


俺は目を見開いて絶叫し、慌てて女神さまに詰め寄った。

「ちょ、これ、どういうことですかっ!?」

女神さまは気まずそうに目をそらした。

「…………ちょっと力が入りすぎて、ついガチで魔法を発動させてしまった」

「いや、ついって！　ガバガバにもほどがあるでしょ!?」

「むう……汝《なんじ》だって、目玉焼きにしょうゆをかけすぎちゃうことあるじゃろ？」

「憧《あこが》れの魔法をそんなしょうもないことと比べないでください！」

ガバガバであることは否定できてないし！

「まあ、そう騒ぐでない。女神の奇跡を使えば、これくらい簡単に修復できる」

「あ、そうなんですか？」

「うむ。女神にできないことなどない」

ならよかった。

俺はほっと胸をなで下ろし、「んじゃ、ちゃちゃっと直してください」とお願いする。

「よかろう」

女神さまは鷹揚《おうよう》にうなずき、両手をセットのほうに向けた。


「女神が命じる——さっきの状態に戻れいっ！」


すると、まるで逆再生の動画のごとく、壊されたセットが元に——

という光景を期待して待つこと、一秒、二秒、三秒…………

…………………あれ、おかしいな。なんにも起きないぞ……。


「……あの、女神さま」

重々しく口を開く。嫌な予感で胃が潰《つぶ》れそうだった。

「そういう小ボケはいらないんで、まじで直してもらってもいいですか？」

「妾《わらわ》もそうしたいのは山々なんじゃが……」

言葉を区切り、痛切な響きをもって続ける。

「……すまぬ、どうやら直すのは無理っぽい」

「なんで!?」

「……ＭＰが、足りない」

「…………」


女神さまは涙目になってうつむいた。本気で落ちこんでいるようだ。

そんな女神さまを責める気にはなれず、俺は絶句するしかなかった。

「くっ、かくなる上は……っ」

女神さまがいきなり制服を脱ぎだした。

「――ちょ、なにしてるんですか!?」

「妾《わらわ》も女神の端くれじゃ！　ケジメはつける！」

「いや、それでどうして脱ぐんですか!?」

「全裸土下座じゃ！」

叫びながらブラウスのボタンを外し、スカートを下ろす。純白の下着が見えた。

そこに色気なんてものは微塵《みじん》もなく、ただただ犯罪臭がした。慌てて止める。

「いやいや！　そんなことしたらいろんな意味でやばいです！」

「なんでじゃ!?　女神の全裸を披露すれば、クラスメイトも許してくれるじゃろ!?」

「無理ですよ！」

「なっ――妾の全裸には価値がないと言うのか!?」

「そういう問題じゃないです！」

見た目幼女にそんなことさせたら、セットだけでなく、俺が社会的に吹っ飛ぶわ！

「うぅ——ならせめて汝《なんじ》だけでも、妾《わらわ》の全裸を楽しんでくれ！」

「実はただの露出狂じゃないですよね!?」

あといちおう言っておくと、ロリは守備範囲外なので楽しめません！


……で。

けっきょく、どうすることもできず……。

この状態で本番を迎えるしかなかった。


半脱ぎで号泣する女神さまを、誰かに見られるわけにはいかない。

「ケジメとか気にしなくていいです」

と優しく諭し、とりあえずお引き取り願った。

「うぅ……す、すまぬ……ほんとうにすまぬ……」

そう言い残し、女神さまが姿を消す。

その数分後、結月《ゆづき》が更衣室から戻ってきた。

ピンクのドレス姿である。予算の都合上だいぶ安っぽい生地ではあるが、中身が一級品なので、本物のお姫さまのように見えた。小さなティアラが金髪の上で輝いている。

……でも残念ながら、目の保養ができるほど、いまの俺に心の余裕はない。
被害は思ったより甚大《じんだい》で、魔王城以外のセットもダメージを受けていた。
もはやどうがんばっても、妖精《ようせい》の住むファンタジー世界には見えない。
こんなものは、ただのゴミ山だ……。
衣装や小道具は無傷だが、そんなことはなんの慰《なぐさ》めにもならなかった。
「――えっ……なに、これ……？　どういう、こと……？」
無残な光景をまえにして、結月がふるえた声で訊《たず》ねてくる。
俺は事情を説明した。
「……女神さまにやられたって……そんな……うそ、でしょ…………」
ふらつきながらセットに歩み寄り、その場にへたりこむ結月。
感情をなくしてしまったかのように、茫然自失《ぼうぜんじしつ》に陥っていた。
正直俺も、なにも考えたくない気分だった。
……だけど。

「――う、うぅ……」
その小さな嗚咽《おえつ》を聞いて、結月の横顔を見てしまい――

そうも言ってられなくなった。
だって、あの鮎森結月《あゆもりゆづき》が……俺の同盟相手が、泣いている。
それは、セットが破壊されたことよりもショックだった。
………でも、そうだよな。
一生懸命作ったものが台無しになったら、悲しいに決まってるよな……。
クールビューティーなんて言われているけど、鮎森結月は決して冷たい女ではない。
異世界厨《ちゅう》で性格と口が悪いことを差し引けば、ただの女の子だ。
そんな当たりまえのことをいまさら突きつけられて、激しく胸が痛んだ。

——こんな結月は、見たくない。
俺の勝手な願望だけど、鮎森結月にはいつだって超然としていてほしい。
傷ついてなんかほしくない。涙なんて求めてない。
たまーにカチンとくることもあるけれど。
わがままで、傲慢《ごうまん》で、生き生きと毒を吐いていてほしい。
いや、そうでなくちゃいけない。
きらめくブロンドに、たわわに育ったわがままボディ。
エルフにも匹敵しうる、極上の美少女なんだから。

笑顔でいてくれなきゃ、もったいないだろ。
俺は、異世界の話をして、笑っている結月《ゆづき》を見ていたいんだ。

結月と企画を練るのは、本当に楽しかった。
それをクラスのみんなに受け入れてもらえて、嬉《うれ》しかった。
イメージどおり形になったときは、最高に燃えた。
この数週間は、俺の人生でもっとも充実していた。
その結果がこれではあんまりだ。

それでもこのクソったれな世界が彼女に涙を強《し》いるなら——
これがこの世界の仕様だとほざくのなら——

——俺が書き換えてやる。

気持ちを、奮い立たせる。
落ちこんでいる場合ではない。
どうすればこの窮地《きゅうち》を切り抜けられるか考えろ。

チート能力がなくたって、悪あがきくらいはできるんだ。

考えろ。考えろ。考えろ。

俺にはなにができる？　俺の得意なことはなんだ？

異世界に関する妄想だ。


――ああ、そうか。その手でいこう。

起死回生、になるかもしれないアイデアをひらめき、俺は覚悟を決めた。

鮎森《あゆもり》結月のため――ではなく。

ほかならぬ俺自身のために。

死ぬほど大変だろうけど、やってやるさ。


「結月」

俺はそばに寄って声をかけた。

「まだ開始まで時間がある。やれることをやっていこう」

「……やれること？」

結月がゆっくりと顔をあげる。涙が頬《ほお》をつたって床に落ちた。

「……あと一時間ちょっとで……いったいなにがやれるって言うの？」

「すべてを作り直すことができる」

「……そんなの、無理よ」

「無理じゃない」

俺は奇策を口にする。

「そりゃセットを直すことはできないけど……でも、だったら世界ごと直せばいい」

「……どういうこと？」

「要するに、異世界の設定を変えるんだ。たとえばそう――ゴミであふれる世界とかに」

「――っ」

「そこはさまざまなゴミが集まる世界、『ゴミゴミトラッシュ』。プレイヤーたちは大切な宝物をゴミのなかに落としてしまう。それは絶対になくしてはいけないものだ。だからみんなで知恵をしぼり、魔法やアイテムを駆使《くし》して、落とした宝物を探し出す。それなら、壊れたセットだって再利用できるだろ？」

なにしろ一度作りこんでいるぶん、リアリティは抜群である。

お客さんはそれをこだわりだと勘違いして、度肝を抜かれることだろう。

くすりと、結月《ゆづき》は笑みをこぼした。

「……ゴミとトラッシュ、意味かぶってるじゃない」

「そこは気にしたら負け」

「なにそれ」

涙をぬぐい、結月が立ち上がる。

その目はもう、悲しみに彩られてはいなかった。

「具体的にどういうアイテムを使うとか、エンディングまでの工程とか考えてあるの？」

「いや、まったく」

頼りない回答に、結月は眉《まゆ》をひそめた。

「……ほんとにいまからでも間に合うの？」

「わからん」

「……そこはうそでも間に合うって言いなさいよ」

「ま、そうだな」

俺は不敵に笑って言い直す。


「——俺が絶対、成功に導いてやんよ」


「……ちっ」

「やっぱ舌打ちかよ！」

「うるさいバカ」

結月《ゆづき》はほのかに頬《ほお》を染めて、そっぽを向いた。

「……いまのは、あれよ。ふつうに頼もしいと思ってしまった自分にイラッとしたの」

「……どっちみち嬉《うれ》しくないんですけど」

「当たりまえでしょ。なんでわたしが翼《つばさ》を嬉しくさせなきゃいけないのよ」

「……ツンデル属性の定めか」

「なにそれぜんぜんうまくないわよ？」

「おまえがさっき言ったんだろ！」

「てゆーか、時間ないんじゃなかったの？」

「……そうでした」


それから本格的に、『ゴミゴミトラッシュ』でいけるか検討する。

シナリオや設定をかなり強引に改変すれば、なんとか形になりそうだった。

そして徐々に、俺ら以外の人たちも教室に姿を見せはじめる。

変わり果てたセットを見て、みんな愕然《がくぜん》としていた……が、

『俺らが登校したときにはこうなっていた。犯人捜しをしてもしょうがないから、いまは準備に集中してほしい』

そう必死に頼むと、素直に気持ちを切り替えてくれた。ありがたい。

仕様変更を伝え、ボロボロすぎるセットの補修や、ほかのクラスから見栄《みば》えのいいゴミを調達してくるようお願いする。どうせなら限界まで積み上げてやろうと思ったのだ。

その結果、演劇やお化け屋敷をやっているクラスからいい感じのやつを提供してもらえ、あたかも最初からこうだったように、ゴミの世界を演出することができた。

ピンチはチャンス。逆境が人を強くさせる。

そんな少年漫画のように我がクラスは団結し、誰もが懸命に走った。

結月もクールキャラの仮面をかなぐり捨てて、ビシバシ熱い指示を飛ばしていた。

その甲斐《かい》あって、文化祭のスタートまでになんとか準備がととのい――

見事、盛況となった。


余裕があったのは、一日目の午前中だけだった。それ以降は、

――一年B組はなんかすげえ芸術的だぞ！

――ゴミを作るために、こんなに手間をかけたのか!?

そんな口コミが瞬《また》く間に広がり、とにかく客足が途切れることはなかった。

少々悔しいけど、ただ異世界をやってもここまでの反響はなかっただろう。

災い転じて福となす。

砕けた言い方をすると、結果オーライというやつである。

おかげで俺と結月《ゆづき》はえらい忙しかった。

設定を大幅に変えて、もともとの台本が使えなくなったせいだ。

案内役をできるのが俺たちしかおらず、しかもふたり体制だったので、ほとんど自分のクラスを離れることができなかった。お客さんが謎《なぞ》解きに悩んでいるあいだを見計らって、ご飯を食べたりトイレに行ったりしたくらいである。どんなブラック企業だよ。

……まあでも、楽しかったから、いいか。


ちなみに二日目の朝。

俺のロッカーのなかに、手書きの詫《わ》び状とチョコレートの詰め合わせが入っていた。

女神さまから、セット破壊についてのお詫びの品である。

名前は書いてなかったことにして、クラスのみんなに振る舞う。

すると、多くの女子が色めき立った。

なにやら銀座とかで売っているかなり高級なもので、ひとつぶ数百円もするらしい。

故意ではなかったこと、きちんとお詫びをしたこと、なにより結果的に企画が大成功したことが考慮され、誰が犯人かは気にしなくていいじゃん、という空気になった。

そして現在。無事に文化祭が終わったあとである。

俺と結月は打ち上げの参加を丁重に断り、ふたりで帰路についていた。

二日間、慣れないことをしまくったせいで、ひたすら疲れていたのだ。この状態で打ち上げなんかに参加したら死んでしまう。一秒でも早く、自分のベッドで休みたかった。

空は鮮やかなオレンジに染まっている。なにかをやり遂げたあとに眺める夕焼けは、いつも以上に綺麗《きれい》に見えて、いくらか感傷的な気分にさせられた。

駅前に到着する。俺が別れの挨拶《あいさつ》をするよりさきに、結月が口を開いた。

「……ねえ、ちょっと公園に寄っていかない？」

「え、なんで？」

意外な申し出に目を瞬《またた》かせる。結月はすこし照れくさそうに金髪をいじった。

「……その、おかげさまでわたしの試練、クリアできたから……今度は翼《つばさ》の番でしょ？」

「あぁ、そうか」

疲れ切っていてすっかり忘れていた。

べつに今日でなくてもいい気がしたが、早いに越したことはない。

二分ほど歩き、遊具がすべり台しかないとても小さな公園に入った。

途中の自販機で缶ジュースを買って、ベンチに並んで腰かける。

俺が右側で、結月が左側。

屋上前でもファミレスでも向かい合ってばかりなので、わりと新鮮な距離感だった。

思わず視線が結月《ゆづき》のふとももあたりに吸い寄せられる。

スカートとニーハイソックスが織りなす、むっちりとした絶対領域。眼福です。

「おつかれ」

「ええ。翼《つばさ》もおつかれさま」

軽く乾杯して労《ねぎら》い合《あ》い、ごくごくとジュースを飲む。冷たくてうまかった。

「そういや、結月の次の試練ってなんなんだ？」

それじゃハグしてくれ、と言うのも気恥ずかしく、ワンクッション置くために訊《たず》ねた。

結月は憂鬱《ゆううつ》そうにため息をついて、

「……『期末テストで全教科平均点以上取ること』よ」

「うわ、そういうパターンもあるのか……」

「ほんと嫌がらせかと思うわよね。異世界に行くからもうテスト勉強とかしなくていいと思ってたのに……」

「まあでも、文化祭よりはぜんぜん楽でいいじゃん」

「………」

結月は気まずそうに目をそらした。

「え……結月ってそんなバカだったの？」

「ぶっとばすわよ」

まだたっぷり中身が入ってそうなアルミ缶を持ち上げて、思いきりにらんできた。

あれをぶちまけられたらたまらない。俺は「ごめんなさい」と頭を下げた。

結月はふんと鼻を鳴らして缶を下ろす。

「言葉には気をつけなさいと、まえにも言ったはずよ」

「はい、すいませんでした、ほんと反省してます。で、実際のところはどうなの？」

「…………国語は、得意よ」

「あ、俺も。やっぱラノベでも普段から読書してると有利だよな」

「……英語も、悪くはないわ」

「あー、親の影響？」

「ええ。うちのお母さん、英会話教室の先生やってるし」

「なるほど」

「……それ以外は、まあ、あれね」

「あれって？」

結月は、目を伏せて答えた。

「…………中の下よ」

「…………くくっ、あははははっ！」

我慢しようと思ったけど、無理だった。爆笑してしまった。いやだって、レザーのブックカバーなんか使って賢そうに読書しているクールビューティーの成績が中の下て！

「――くっ、よくも笑ってくれたわね！」

顔を真っ赤にして、結月《ゆづき》が憤然とアルミ缶を振りかぶる。

「――ああっ、ごめんごめん！　ほんとごめん！」

今度こそぶん投げてきそうだったので、必死で平謝りした。

「……ちっ、次はないからね」

マジなトーンで警告して缶を下ろす。そして恨みがましい目つきで、

「だいたいそういう翼《つばさ》はどうなのよ？」

「俺？　俺は中間でクラス三位だったけど？」

「………まじで？」

「まじ」

「どうやってカンニングしたの？」

「してねーよ」

「じゃあなんで翼ごときがそんな上位なのよ？」

「たぶん、高校のランクをひとつ落として受験したからかな」

ちなみにうちの偏差値は五十前後。

中学のとき、クラスの真ん中くらいのやつが志望するランクだ。

「……なんでそんなことしたのよ」

「受験勉強をがんばりたくなかったのと、徒歩で通えるところがよかったから」

「精神的に向上心のないバカね」

まったくそのとおりだが、中の下に言われてもなぁ……とはさすがに返せなかった。

「あ、そうだ」

なにかひらめいたらしく、結月が手を合わせた。

「あなた全教科で零点取りなさいよ。そしたらすこしは平均点が下がるわ」

「いや、全教科ゼロはまずいだろ……」

下手したら親が呼び出されるわ。夏休みに補習を食らう可能性もある。

それにいくら俺が上位でも、ひとりが与える影響なんて微々たるものだろう。

「じゃあ、わたしたちの名前を入れ替えて試験を受けるってのは？」

「筆跡でバレるわ」

「テストまでにお互いの筆跡をマスターすれば」

「そんな努力するんだったらふつうに勉強しろ」

「それは無理」

「なんでだよ」

「……異世界に行くこと前提だったから、授業中ぜんぜんノート取ってないのよ」

「それはひど――くはないな、柔軟な発想だと思う。むしろ真面目《まじめ》にノート取ってる俺のほうがバカだわ」

「でしょう?」

「ああ……」

――つぶねー。もうすこしで缶が飛んでくるところだった……。

「じゃあまあ、勉強は俺が教えてやるよ」

期末テストは七月の上旬。まだ二週間ちょっとある。

明日は休むとしても、月曜から取り組めばなんとかなるだろ。

結月《ゆづき》は不満げにうなずいた。

「死ぬほど屈辱《くつじょく》だけど、やむを得ないわね」

「……もうちょっと感謝してくれても、バチは当たらないと思うぞ」

「わたしのハグの価値を考えたら、文化祭とこれでもまだ足りないくらいよ」

「……どんだけ自分を高く見積もってんだよ」

「てか、そろそろしてあげるから後ろ向いて」

「え、なんで後ろ?」

「……正面からじゃなきゃいけないってしばりはないでしょ?」

「ああ、そうか。やっぱ結月って頭はいいと思うよ」

「……いいからさっさと後ろ向きなさい」

言われたとおり、座ったまま背を向ける。

これなら正面からよりはだいぶ気楽だった。

「じゃあ、いくわよ」

「あ、うん、お願い」

……いや、ごめん。見栄張《みえ》った。やっぱこれでもすげえドキドキするわ。

数秒の間を置いて、俺の胴に結月の両手がまわされた。

尋常じゃなくやわらかいものがふたつ、むにゅっと背中に押しつけられる。

——うわ、たまらん……っ。

あたたかくて、甘いかおりがして、頭がくらくらした。

たしかにこれは、言うだけの価値はあるかもしれない……。

「……ねえ翼《つばさ》。ひとつ訊《き》いてもいい？」

沈黙の気まずさをごまかすためか、結月が口を開いた。この体勢でしゃべられると首筋に吐息がかかる。俺はぞくぞくしながら、上擦《うわず》った声で返事をした。

「なっ、なに……？」

「いまでも異世界に行ったら、ハーレムを作りたいって思う？」

「え？　そりゃ、もちろん……なんで？」

「……なんでもないわよバカ」

「いてっ！」

バシッと背中をひっぱたきながら、結月《ゆづき》が離れる。

ちゃんと十秒以上経《た》っていたようで、スマホがふるえた。試練クリアの通知だろう。

「……あ、ありがとう」

「ぶたれてお礼を言うって、どんなマゾよ」

「そっちじゃねーよ！」

……てか、最近結月の毒舌が心地よく感じるときがあって、自分でもちょっと不安なので、そういうこと言わないでいただきたい。

スマホをポケットから出して、アプリを開く。

『〈クラスメイトに十秒間ハグしてもらう〉達成じゃ！』

よし、と心の中でつぶやき、画面をタップ。すぐさま次の試練が表示された。

『クラスメイトの手作りクッキーを食べるのじゃ！』

…………やっぱり、この傾向は続くのね……。

「なに？」

脱力してため息をついていると、結月が勝手に画面をのぞいてきた。

彼女はにやりと笑い、俺の肩をぽんと叩《たた》く。

「期末テストが終わったら、作ってあげるわ」

「……今回もそっちが先かよ」

「当たりまえでしょ。あなたはわたしの同盟相手なんだから」

「それ、同盟じゃなくて下僕とか奴隷って言いません？」

「そう呼んでほしければ、期待に応《こた》えるのもやぶさかじゃないわ」

「いや、ふつうに同盟でお願いします」

「なんにせよ、これからもわたしのためにきりきり働きなさい」

そう高飛車《たかびしや》に告げる結月《ゆづき》はむやみやたらにいい笑顔で、ついつい一瞬だけときめいてしまい、返す言葉に詰まってしまった。そして厄介なことにそれを『了解』だと受け取ったらしく、結月はまた「ふふっ」と機嫌よさそうに微笑《ほほえ》んだ。

………………異世界への道は、まだまだ長く険《けわ》しそうである。

俺はもう一度、深いため息をついた。

★★★

Which do you love me or "isekai"?

人間やめて、エルフになったほうがいいんじゃない？

文化祭から数日がすぎた、ある日の放課後。

ふたりきりの教室。

「ねえ、今日はもうたくさんしたじゃない。これくらいでやめときましょうよ……？」

と、結月が上目遣いで哀願《あいがん》してきた。

演技ではなく、本当に弱っているようだ。

悩ましげな吐息をもらし、机に突っ伏してしまう。

弾力のありそうなふたつの丸みが、机の上ではしたない曲線を描いていた。

時計を見ると、はじめてからすでに二時間が経過している。

たしかに立て続けにやりすぎたかもしれない、と思いつつも、俺は首を横に振った。

「ダメだ。ここまで来たんだから、ちゃんと最後までやろうぜ」

「でも、そんなにたくさん、入らないわよ……」

「がんばれ。あとはこれだけだから」

俺は大事なところを指で示す。

「ほら、これを使えば一気にいけるぞ」

「え、それをここに入れちゃうの……？」

「そうだ。あとは自分でやってみろ」

「……わたしにはまだ、できないわよ……」

「そんなことない。結月《ゆづき》ならできる。あきらめるな」

「わ、わかったわ……」

覚悟を決めたのか、結月はふうと息をつき、最後の難問に取りかかった。

――が、しかし。

「やっぱ無理っ！」

十秒と持たずに投げ出しやがった。

「ちょ、だからあきらめるなって」

「もうやだって言ってるでしょ！　今日はこれで終わり！　続きはまた明日！」

公式を頭に入れすぎて、いよいよ我慢の限界を超えたらしい。

ヒステリックに叫び、止める間もなく教科書とノートをカバンにしまいだした。

こうなったらなにを言っても無駄である。

やれやれと嘆息して、俺も帰り支度をはじめた。

やっぱり文系にとって、数学は鬼門か……。

放課後に期末テスト対策の勉強会をするようになって、今日で三日目。

なかなか前途は多難である。

帰り道。駅前で結月と別れたあと。

どうすれば結月が気持ちよく勉強できるか、ぼんやり考えながら歩いていると、

「——あっ、翼《つばさ》くん！　ちょうどよかった！」

もう間もなく自宅というところで、知り合いとばったり出くわした。

森山修司《もりやましゆうじ》。中二病ではなく、リアル中学二年生。

ふわふわしたくせっ毛。小柄な体躯《たいく》。愛嬌《あいきよう》のある顔立ち。

乙女ゲームの四番手くらいにいそうな、弟系のイケメンである。

いや、実際に乙女ゲームをプレイしたことはないので、単なるイメージだけど。

うちの近所に住んでおり、むかしはよく一緒に遊んでいた。いわゆる幼馴染《おさななじみ》だ。

「あー、なんか地味に久しぶりだな」

幼馴染といえば美少女と相場が決まっているのになんで美少年なんだよ設定ミスかよふざけんな！　という思いはそっと心の奥にしまって、俺は片手をあげて応《こた》えた。

「だね。翼くん、高校生になってぜんぜん構ってくれなくなったから」

「微妙に気持ち悪い言い方するな」

「あはは、異世界オタクに気持ち悪いとか言われたくないなぁ～」

……ごもっとも。

「それより、ちょうどよかったってなんだよ？」

返す言葉がなかったので、話をそらすついでに訊《たず》ねた。

「あ、そうだった。実は翼《つばさ》くんに相談したいことがあるんだよね」

「金なら貸さないぞ」

「ちがうって！」

「てゆーか、まえに貸した五百円返せよ」

「……相談に乗ってくれたらちゃんと返すよ」

「じゃあ聞いてやるから手短に頼む」

「……ここで話すのもなんだし、いまから家に行ってもいい？」

「まあ、いいけど」

というわけで、我が家へ向かう。

三分ほどで到着。築十数年。ごくふつうの一軒家だ。

両親は仕事、妹は遊びに出かけているのか留守だった。

子ども部屋は二階にある。冷蔵庫から缶ジュースを二本持ち出して、階段をあがった。

「相変わらず本でいっぱいだね」

俺の部屋に入るなり、本棚を眺めて修司《しゆうじ》が言う。

「悪いか？」

「いや、ぜんぜん。翼くんがこういう人だから、ぜひとも相談に乗ってほしいんだよ」

ってことは、本に関することだろうか？

でもこいつ、漫画しか読まないはずだよな……。

まあ、考えるよりは聞いたほうが早い。

「とりあえず座れよ」

パソコンデスクの椅子《いす》を勧め、俺はベッドに腰を下ろした。

「ありがとう」

修司は素直に腰かけ、缶ジュースを開ける。無言で何口か飲んだ。

「……いや、早く話せよ」

「ああ、うん、そうだね……」

うながすと、修司は言いにくそうに切り出した。

「実はオレ……好きな人がいるんだけどさ」

「ぶっ！」

予想外の告白に、思わず噴き出してしまった。

ジュースを口に含んでるタイミングじゃなくてよかった……。

「……なんだよ。こっちは真剣なんだから、そっちも真面目《まじめ》に聞いてくれよ」

「いやだって、まさか恋愛相談とは思ってなかったから……」

「はあ？　なに言ってんだよ。男子中学生の悩みなんて、だいたい女絡みじゃん」

「……仮にそうだとしても、俺に相談するのは間違ってるだろ」

こちとら『恋人いない歴＝年齢』なのはもちろん、この世界での恋愛を潔《いさぎよ》くあきらめて異世界でハーレムを目指しちゃってる系男子だぞ……。

「てか、おまえが積極的にアプローチすれば、ふつうにうまくいくんじゃねーの？」

「まあ、基本的にはそうなんだけどさ」

美少年は前髪をかきあげ、あっさりと肯定しやがった。おいこら叩《たた》き出《だ》すぞ。

「でも、今回の相手は一筋縄ではいかないんだよね」

「というと？」

「ずばり、翼《つばさ》くんと同じタイプなんだ」

「……品行方正な文学少女ってこと？」

「異世界ラノベオタクってこと」

「あぁ……」

それで俺に相談したかったのか。腑《ふ》に落ちた。

「つーわけで、次の日曜、その娘《こ》とデートすることになったんだけど」

「そうか――って、はあっ!?」

「……なに驚いてるの？」

目をむく俺に、きょとんとする修司《しゅうじ》。

「いや、つーわけでじゃねーよ！　もうそんな段階まで進んでんのかよ！」

「もうって、好きになったら次はデートに決まってるじゃん」

えぇー、決まってるのん……？

ふつうはそこに至るまでに四苦八苦するもんじゃないのん……？

ちっ、これだからイケメンは……滅びろ。

「……だったら俺なんかに相談してないで、さっさとデートに行けばいいだろ」

一気にどうでもよくなり、俺は投げやりに言った。

「そのプランを翼くんに提案してほしいんだよ」

「なんで俺が」

「どうすれば異世界オタクが喜ぶか、熟知してるでしょ？」

「やだよ面倒くさい」

「ええっ!?　ここまで話して突き放すの!?　そりゃないよ！」

「うるせえ！　ひどいのはおまえだ！　貸した金を置いてとっとと出てけ！」

「そんなつれないこと言わないでよ！　ねえ、このとおり！」

修司が椅子《いす》からおりて土下座する。

こうなるともはや意地なのか、単純にそれだけ本気なのか、

「お願いします！　異世界マイスターの翼《つばさ》くんだけが頼りなんです！」

と、おでこを床にこすりつけて叫ぶ。

……はっきり言って、鬱陶《うっとう》しい。

が、こんなんでもいちおう幼馴染《おさななじみ》だ。ここまで懇願されて断るのも忍びない。

異世界マイスターと呼ばれて若干気をよくしてしまったこともあり、俺は不承不承ではあるが、引き受けてやることにした。


……しかし。

実際に考えてみると、これが予想以上に難しかった。

たしかに俺は異世界厨《ちゅう》だが、だからこそ、この世界の女心にはうとい。

『品揃《しなぞろ》えが豊富な本屋にでも行っておけば間違いないだろう』

最初は安易にそう思っていた。

だが、『……本当にそれでいいのか？』と徐々に不安になってくる。

いくら異世界ラノベが好きな女子でもデートで本屋だけ、というわけにもいくまい。

ましてや、修司《しゅうじ》はまだ相手の女子と付き合っているわけではないのだ。

すなわちデートの最中、あるいは最後に告白をする必要がある。

となると雰囲気を盛り上げるため、ロマンチックな場所にも足を運ぶべきだろう。

……たとえばどこだよ。

どうせなら年上の威厳《いげん》を見せつけられる、エレガントなプランを提案したい。

でも、中学生という立場を考えると、あまり遠出はできないし……。

うーん……。

あれこれ悩んだ末に、ひとつの答えを得る。

そうだ。異世界ラノベが好きで、かつ、女心もわかる人に訊《き》けばいいんだ。


というわけで、翌日の昼休み。例によって西館の屋上前。

親愛なる同盟相手に話を振ってみることにした。

「結月《ゆづき》ってさ」

「なによ？」

「どういうデートをしたらときめく？」

「——っ」

結月は盛大に咳《せ》きこんだ。……胸がたゆんたゆん揺れている。

ブラウスのボタンがはじけ飛ばないか心配しつつ、優しく声をかけた。

「だいじょうぶ……？」

「――い、いきなりなにを言い出すのよ……っ!?」

真っ赤な顔でキッとにらみつけられた。

「いや、実は昨日さ」

修司《しゅうじ》のことをかいつまんで説明する。

「……ああ、そういうこと」

結月《ゆづき》はつまんなそうにうなずいた。

納得していただけたところで、改めて訊《たず》ねる。

「それで、結月はどんなデートがいいと思う？」

「……そんな急に言われてもわからないわよ」

「難しく考えなくてもいいよ。相手は結月と同じ異世界好きの女子だし。たぶん結月にとって理想のデートが、そのまま正解になると思う」

「そういうことなら……」

あごに手をやり数秒思案して、結月は言った。

「異世界のダンジョンにふたりきりで潜るとか？」

「ごめん、それ不正解だわ」

即座にツッコむと、ふくれ面で反論してくる。

「なんでよ。信頼できる人と一緒にダンジョン攻略とか、最高にたぎるじゃない」

「同意するけど、この世界でできることで頼む」

あとできれば、たぎるじゃなくてときめく方向で。

「……強《し》いて言えば、本屋めぐりとか？」

「うーん……」

やっぱりそういう感じになるかぁ……。

手堅いけど、地味なんだよなぁ……。

「……そういう翼《つばさ》はどうなのよ」

うなっていると、結月が微妙にとげとげしい口調で訊ねてきた。

「俺？」

「どんなデートが理想なわけ？」

「……いや、どんなって言われても」

答えにくくて、ごまかすように頭をかく。

「自分だけ言わないなんてなしよ」

「でも言ったら結月、怒りそうだし」

「……とりあえず言ってみなさい。言わなきゃもっと怒るから」

「俺の場合ハーレム前提だから、そもそも一対一を想定したことがない」

「……よくそれで、わたしにケチをつけられたわね」

もはや怒る気にもなれなかったのか、結月《ゆづき》はげんなりと肩を落とした。

……なんか、すいません。

心のなかで謝罪して、それから予鈴が鳴るまで議論を交わす。

しかし、所詮《しょせん》は恋愛経験に乏しい俺たちである。

これだと確信を持てる案は出せなかった。


「あ、そうだ」

教室に戻っている途中。

歩くことで脳が活性化されたのか、なにかひらめいた様子で結月が言った。

「その生意気な中学生たちのデートはいつなの？」

「えーと、たしか次の日曜って言ってた」

「じゃあ、土曜までにプランを提案すれば大丈夫よね？」

「ああ」

「だったらいっそ、土曜にふたりで出かけない？」

「え？」

「か、勘違いしないでよ。いわば取材みたいなものだから」

目を瞬《またた》かせる俺に、結月が頬《ほお》を染めてまくしたてる。

「さきにわたしたちがデートのシミュレーションをして、わたしが翼《つばさ》にダメ出しするの。失敗は成功のもとだし、それなら具体的にアドバイスができるでしょ？」

なるほど。ダメ出しされすぎて俺の心が壊れないか、一抹《いちまつ》の不安はあるけど……。

このまま机上《きじょう》で空論していても埒《らち》があかない。かなり有効な手だと思った。

ただし、ひとつ問題がある。

「でも、週末はがっつり勉強会の約束だろ？」

「翼の幼馴染《おさななじみ》のためなら、やむを得ないわね。予定を変更しましょう」

結月は残念そうに言った。しらじらしい……。

「そういえば、いまならちょうど、あれの劇場版がやってるわね」

あれがなんだかはすぐに察した。

一年前に人気を博した、異世界転生もののオリジナルアニメだ。

俺もかなり気になっていたが、最寄りの映画館までは電車で二十分ほどかかる。ひとりで行くのも億劫《おっくう》で、円盤（映像ソフト）のレンタル開始を待つつもりだった。

「映画ならデートの定番だし、これはぜひ行くべきだわ。翼の幼馴染のために」

「勉強さぼって観《み》たいだけだろ」

「うっ――べつにいいじゃない！」

ずばり告げると、結月《ゆづき》はあっさり開き直った。

「まだテストまで時間もあるし、すこしくらい息抜きしたって！」

「いや、よくないだろ」

「だいたい翼《つばさ》の教え方は厳しいのよ！」

淡泊な返事にむっとしたのか、ここぞとばかりに非難してくる。

「わたしがやだって言っても、何度もねちっこく無理やりさせるし！」

「語弊がありすぎる言い方はやめろ！」

まだぎりぎり西館で助かった。東館なら俺の高校生活、終わっていたかもしれない。

結月はまっすぐ俺を見つめた。

「というか、翼はわたしと映画、観《み》たくないわけ？」

「…………」

観たいに決まっていた。

円盤のレンタルを待つつもりではいたが、付き合ってくれる人がいるならぜひとも劇場で観ておきたい。そして鑑賞後に感想を語り合いたい。その相手が結月なら文句なしだ。

絶対楽しい。なんならチケット代を出してもいいくらいである。

……そう思ってしまった時点で、俺の負けだった。

まあ、映画を観てくるだけなら半日もかからない。

結月の言うとおり、それくらいの息抜きはあってもいいかな……？

数学がやばいけど、逆に言うとそれさえ乗り越えれば、たぶんなんとかなると思うし。

それに全教科で平均点をとるのは、ほかならぬ結月自身の試練である。

切羽詰まればいやでも本気を出すだろう。

「……わかった。ただし午前中はしっかり勉強して、映画は午後からな？」

「ええ、それでいいわ」

結月は微笑《ほほえ》み、嬉《うれ》しそうにはずんだ声で「楽しみだわ」とつぶやいた。

さらにスキップするように、ぴょんと軽くはねる。

スカートがひらめき、胸がぽよんと揺れた。

……いろんな意味で、どきりとする仕草である。

文化祭以降、結月はすこしだけ素直になった……と思う。

勉強中はどうしたってご機嫌ななめになるけど、それ以外、他愛《たあい》のない雑談をしているときとか、こういう笑顔を見せてくれる頻度が高くなった……気がする。

もしかしたら以前より、俺に心を開いてくれてるのか……？

勘違いだったら恥ずかしいので確認はできない。

けど、そうだといいなと思った。

そして土曜日の朝。
俺は約束の十分前に、待ち合わせ場所である駅前へとやってきた。
空を仰ぐと見事な快晴。梅雨《つゆ》明けはしてないはずだが、真夏みたいな陽気である。
まだ結月《ゆづき》の姿はない。日陰に避難して、彼女の到着を待つことにした。

「お待たせ」
約束の時間ぴったりに、結月は現れた。
淡いブルーの半袖《はんそで》シャツに、チェックのミニスカートという涼しげな装い。
端的に言って可憐《かれん》だった。
……いや、まじで。すげえなおい。
露出的には制服とそう変わらないが、色合いのせいだろうか。
二の腕とかふとももが、いつもより瑞々《みずみず》しく感じられた。
たわわな胸からウエストにかけてのラインは、素晴らしいの一言である。
長くなめらかな金髪は、日差しを受けてきらきらと輝いていた。
「………………」
圧倒されて、言葉が出てこない。

新鮮な私服姿の破壊力に、頭が真っ白になってしまった。

「……挨拶《あいさつ》くらいしたらどうなの？」

そんな情けない俺を、結月が顔をしかめて非難する。

「あ、ごめん。ふつうに見惚《みと》れてた」

「――っ」

正直に言うと、結月は息をのんでそっぽを向いた。

「そ、そう……それなら、しょうがないわね。特別に、許してあげるわ」

続けて照れ隠しなのか、高圧的に告げる。

「……でも、どうせならもっと具体的に褒めてみなさい」

「なにその地味にハードル高い要求……」

「出会い頭《がしら》に相手を褒めるのは基本でしょ。幼馴染《おさななじみ》のために、褒め言葉のレパートリーがあったほうがいいじゃない」

「あー、そうだな」

本日最大の目的は、修司《しゅうじ》のためのシミュレーションだ。

午前中は勉強会なので油断していたが、待ち合わせもデートのイベントのひとつである。

何事も最初が肝心だし、ここでの会話しだいで、デートへの期待感が左右されるかもしれない。よし。ここはいっちょ、気合いを入れて臨んでみよう。

あれこれ検討し、ありのままの気持ちを口にした。

「人間やめて、エルフになったほうがいいんじゃない？」

「……それ、褒めてるの？」

バカを見るような目で見られた。

「どう考えても絶賛でしょ」

「……まあ、そうね。翼《つばさ》にとってのエルフを考えたら、そうかもね」

小さく息をついて、結月《ゆづき》がダメ出ししてくる。

「でも汎用性《はんようせい》なさすぎ。せめて『エルフと見まがうくらい美しい』とかにしなさいよ」

「いや、男子中学生が美しいとか言ったらギャグにしか聞こえないだろ」

「人間やめることを勧めるよりマシよ」

まあ、たしかに。

そこだけピックアップされると、悪い意味に取られるリスクがあるか……。

「ここでは異世界好きとか関係なく、ふつうに女の子が喜ぶベタな台詞《せりふ》でいいのよ」

「『かわいい』とか『綺麗《きれい》』とか？」

「そう」

「結月もそういうこと言われたら嬉《うれ》しいの？」

「悪い気はしないわね」

「その服、似合っててすげえかわいいよ」

「──っ」

試しに言ってみると、結月の顔が真っ赤に染まった。

あ、思った以上にガチで照れてらっしゃる……。

うつむきがちになり、ふんと鼻を鳴らした。

「……そ、そうよ。それでいいのよ。や、やればできるじゃない」

必死にクールを取り繕うその姿は、なかなかグッとくるものがあった。

ここで追撃したらまたいい感じの反応を見られるかもしれないが、俺もすっかり恥ずかしくなってしまい、これ以上浮ついた言葉は出てこなかった。


二十分ほど電車に揺られて、そこそこの繁華街にやってくる。

さきに映画館に足を運び、チケットを予約。

それから近くのファミレスでしっかり勉強。ごほうび（？）があるとモチベーションが上がるのか、結月はいつもより集中して取り組んでくれた。

……逆に、俺はあまり集中できなかった。

原因は結月の私服である。

制服のブラウスより襟元がゆるく、前屈《まえかが》みになると盛大に胸の谷間が見えるのだ。

同盟相手をよこしまな目で見るのは気が引ける。

が、こちとら思春期の男子である。こんなもん見るなというほうが無理だ。

そんな服をチョイスした結月《ゆづき》にも責任の一端《いったん》はある。むしろ全面的に結月が悪い。

脳内裁判でそう判決がくだり、こっそり堪能《たんのう》させてもらった。

……ちなみにブラジャーの色はピンクだった。

異世界にも下着文化はあったほうがいいな、と深く思った。


ついでに昼食も済ませて、一時過ぎにふたたび映画館へ。

ちょうど上映十分前で、案内が開始されたところだった。

チケットをもぎってもらい、スクリーンのあるホールへ。

飲み食いしたあとだったので、売店では特になにも買わなかった。

ゆるやかな階段をあがり、最後列の真ん中あたりの席に並んで腰をおろす。

客の入りはちらほらといった感じ。人気を考慮するとすくないように感じたが、封切りからちょっと経《た》っているし、こんなものなのかもしれない。

ほどなくして照明が消え、スクリーンに光がともった。

劇場で映画を観《み》るのはいつぶりだろう。ちょっと思い出せないが、かなりわくわくしてきた。まったく興味のない映画の予告でさえ無駄に真剣に観ていると、

「……ねえ、ふと思ったんだけどさ」

　結月から控えめに話しかけられた。左隣を向く。

「なに？」

「映画を観にきたカップルは、手をつなぐものなんじゃないの？」

「え、そうなの？」

「……わたしのイメージだけど」

「……じゃあ、つないで、おく……？」

「……シミュレーションなら、そのほうが、いいんじゃない……？」

「……そう、だな……」

　ごくりとつばをのみ、ドギマギしながら肘掛けに置いてある結月の手を握った。結月も遠慮がちに握りかえしてくる。手をつなぐのは、同盟を結んだときに握手をして以来だ。薄暗い場所のせいだろうか。なんだかあのときよりも生々しく感じた。

「…………」

「…………」

　なにか言おうかと思ったが、最適な言葉が見つからない。

　結月の手の感触って気持ちいいよね、って言うのも変態っぽいし……。

　けっきょく沈黙を選択した。たぶん正解だった。

結月《ゆづき》の表情をうかがう余裕がなかったから、実際にどう思われていたかはわからないけど、ダメ出しはされなかったので、そう思っておくことにした。

そこですべての予告が終わる。

マナーに関するお決まりの注意が流れ、本編がはじまった。

心臓は相変わらずやかましく、空調が効いているはずなのに全身が熱い。

こんな精神状態で映画を楽しめるだろうか……。

甚《はなは》だしく不安だった。


——が、結論から言うと、しっかりばっちりこれ以上なく楽しんだ。

まず単純に、映画の出来がよかった。脇役まで見せ場がある脚本は見事だったし、戦闘シーンの作画はすごかった。音響は迫力があり、声優さんの演技も光っていた。意外性はなかったけど、テレビシリーズのファンを全力で楽しませる！　というスタッフの誠実さが伝わってきた。

劇場で観《み》てよかった。

そしてなにより、結月と観にきてよかった。

当然、上映中はひとこともしゃべらなかったが、お互いの気持ちが文字どおり手に取るようにわかった。

つまり『おっ』とか『ウケたw』とか『いまのよかった』とか『ここ好き』とか、そういうふうに思ったとき、俺たちは手の握り方で、相手に気持ちを伝えた。

どちらからやりだしたかは定かじゃない。最初は無意識だった。感情が高ぶると、自然と手に力が入る。それをいつの間にか意識的にやるようになり、序盤の山を越えたあたりからすっかり暗黙の了解になっていた。

もちろん俺と結月では、反応するポイントに差異がある。俺はヒロインたちのかわいさ優先だし、結月は仲間の絆《きずな》が垣間《かいま》見《み》えるさりげないやりとりがお好みのようだった。

でも時折、完璧に噛《か》み合《あ》うシーンもあった。

同時にぎゅっと握り合うのだ。

その瞬間、俺はうっかり泣きそうになるくらい胸が熱くなった。

楽しいとも嬉《うれ》しいとも微妙に違う。

なんというか、そう、たまらなく、幸せだった。

――ああ、そうか。幸福ってこういう気持ちを言うのか。

エンドロールが流れているとき、不意にそのことに気づき、俺はけっこう動揺した。

俺にとって〝幸せ〟とは、異世界でハーレムを築くことにほかならない。

なのにこの世界で、こんな些細《ささい》なことで、俺は幸せを感じてしまった。

それはつまり――

つまり。

……つまり、どういうことなんだろう……？

いや、なんとなくわかるんだけど。

わかっちゃいるんだけど、認めるのがなんか怖いってゆーか。

認めたところでどうにもならないってゆーか。

でもさすがにこれは、認めざるを得ないってゆーか。

——え、まじか。

つまり俺は、あれなのか？

結月《ゆづき》のことが。

好き。

………なのか？

エンドロールが終わり、照明がつく。

ほかのお客さんがぞろぞろと去っていくなか、俺は座ったまま固まっていた。

くすっと、小さな笑い声が隣から聞こえてきた。

反射的にそちらを向く。結月が微笑《ほほえ》んでいた。

「いつまで余韻に浸っているのよ」

いや、余韻に浸っていたわけじゃないんだけど……。

しかし説明するわけにもいかなくて、俺は「べつにいいだろ」と苦笑してみせた。

「悪いとは言ってないわ。最高に面白かったもの」

「だよな」

「ええ」

つなぎっぱなしだった手を軽く持ち上げ、結月は顔を赤らめてはにかんだ。

「翼《つばさ》とこの映画を観《み》られて、本当によかったと思うわ」

──やばい。

──かわいい。

──好きだ。

疑問符はいらなかった。

俺はこのときをもって、鮎森《あゆもり》結月に惚《ほ》れていることを自覚した。


映画館を出た俺たちは、同じ商業ビルに出店している喫茶店に入った。

買ったばかりのパンフレットを見ながら、映画について熱く語り合う。

「とにかく傑作ってことは疑いようがないんだけど、結月はどこがよかったと思う？」

「そうね。やっぱりなんといってもキャラかしら。ベタベタな展開でもキャラがよければ充分に感動できるっていい見本だったと思うわ」

「わかる。特にアリスとかめっちゃかわいかったよなぁー」

「たしかに。あれは女のわたしでもグッときたわ。亡国の姫でメイド騎士って設定だけでもおいしいのに、富や名誉に惑わされず、なにがあってもご主人様を信じますっていうあの忠誠心がいいのよねぇ……」

「ああ、あの健気《けなげ》さはほんとたまらん。だから、最終決戦前にアリスの思いが報われたときは軽く泣きそうになったわ」

「ライバルたちが全員メイド騎士隊に入るところよね？　わたしもあそこがベストシーンだと思うわ」

「だよな！　ライバルとの共闘展開はやっぱ熱いわ……っ！」

共感してもらえたのが嬉《うれ》しくて、思わず声のボリュームがあがってしまった。

結月《ゆづき》は楽しげに笑みをこぼし、いたずらっぽい口調で言う。

「ふふっ……あのとき翼《つばさ》、わたしの手を強く握りすぎてちょっと痛かったわよ？」

「あ、まじで？　それはごめん」

「あと、お色気シーンで露骨に体温あがってたのはちょっと引いた」

「……それについては気づかないふりをするのが、優しさじゃないでしょうか」

「でも、五十万人のハーレムには、スケール大きすぎてわたしも笑っちゃったわ」

「あははっ、あそこな！　ハーレム厨《ちゅう》の俺でもさすがにその発想はなかった」

それは最高に面白く、最高に楽しく、とても幸せな時間だった。


できればずっと話していたかったが、むろんそういうわけにもいかない。

六時を回ったところで、後ろ髪を引かれまくりながら店を出た。

電車のなかでも会話を続け、夕暮れの地元に帰ってくる。

改札を抜けて、テキトーな場所で別れの挨拶《あいさつ》をする。

「今日はありがとう。楽しかったわ」

結月が微笑《ほほえ》みながらそう言ってくれた。

やはり以前より素直になっているな……。

こちらとしては、もうちょっととげとげしくてもいいんだけど。

マゾだからとかじゃなくて、そっちのほうが慣れてるから。それに笑顔の結月はかわいすぎるので、あまり頻繁に微笑まれると、どう接していいかわからなくなる……。

「……うん。俺もすげえ楽しかった」

「また面白そうな映画があったら、一緒に観《み》ましょう」

「喜んで」

「じゃあ、また明日」

「……あ、最後にもうひとつだけいい？」

背を向けようとする結月《ゆづき》に、俺は遠慮がちに言った。

「え、なに？」

「……告白のシミュレーションを、してみたいんだけど」

「——こ、こくはく……？」

目をぱちくりとさせる結月。

「ああ、せっかくだし」

「……そ、そうね」

こくりとうなずいてくれた。

「……やりたいなら、お好きにどうぞ」

駅前なので周囲はそれなりに人が行き交っている。俺たちの横を通り過ぎるとき、けっこうな確率で結月は視線を向けられていた。公園にでも移動したほうがいいだろうか。

いや、静かすぎるとプレッシャーが増しそうだ。

仕切り直すのもなんだし、ここでやってしまおう。

俺はドキドキとうるさい鼓動を落ち着けるよう大きく深呼吸をして、口を開いた。

「えーと、改めて今日はありがとう」

「……ええ、こちらこそ」

「それで実は、ひとつ気づいたことがあるんだ」

すこしの間を置いて、意を決し、告げる。

「俺、結月のことが……好き、みたいだ」

「……っ」

シミュレーションとはいえ照れくさいのか、結月の頰《ほお》が真っ赤に染まった。

たぶん俺の顔も同じくらいか、それ以上に紅潮しているだろう。

なにしろこっちは、本番のつもりで話しているんだから。

「ずっと結月のそばにいたいって思う。そばにいてほしいって思う」

「…………」

でも、これはあくまでシミュレーションであって、本番ではない。

こういう機会でもなければ、俺が結月に告白することはなかったと思う。

なぜなら、答えがわかりきっているからだ。

俺は絶対に、結月に振られる。

そうなるとどうしたって、これまでのような気安い関係ではいられないだろう。

ただの同盟相手と割り切っているから、手をつないだりハグをしたりできるのだ。

俺の気持ちが結月にバレたら、確実に気まずくなってしまう。

下手したら同盟解消もありえる。

それだけは絶対に避けたい。結月《ゆづき》のためにも、避けねばならない。

「俺の幸せのためには、鮎森《あゆもり》結月が必要なんだ」

「…………」

しかしそうは言っても、気持ちを伝えるくらいはしておきたい。

というかそうしておかないと、変に期待がふくらんでしまうかもしれない。

恋の病。病は大きくなるまえに、切除してしまったほうがいい。

いまのうちにはっきりと振られておけば、今後もきちんと割り切っていける。

このシミュレーションという建前は、そのためにはうってつけだ。

これならぜんぶ演技ってことで片がつく。

「だから結月」

名前を呼ぶと、結月が上目遣いで俺を見つめた。

「俺と一緒に異世界に行って」

その瞳《ひとみ》がなにかを期待するように見えたのは、俺の願望だろうか……？

「――俺のハーレムに入ってくれ」

「――バカじゃないの？」

案の定、瞬殺された。

「………やっぱダメ？」

「当たりまえでしょ。ぶっとばすわよ」

ゴミを見るような目つきで凄《すご》まれる。

「そんなふざけた告白で、シミュレーションになると思ってるの？」

「……ごめんなさい」

なんで振られたほうが謝ってるの……？　と思わなくもなかったが、それ以外の言葉はなかった。

「……ほんと、真面目《まじめ》に聞いて損したわ」

消沈する俺に、結月《ゆづき》がこれ見よがしにため息をつく。

どうやら想像以上にあきれられてしまったようだ……。

いちおう俺なりに誠意を尽くしたんだけどな……。

というのも、女神さまの試練に挑んでいる俺にとって、ハーレムは非現実的なものではないのである。異世界に転移したあかつきには絶対に作るつもりなので、むしろ確定している未来といってもいい。

だから結月に告白する場合、『ハーレムに入って』としか言いようがなかったのだ。

「……でも、俺がこういうやつだから俺たちは同盟関係になれたし、今日一日を楽しく過ごせたんじゃないか？」

振られるのは仕方ないけど、嫌われたいわけではない。いじましく言い訳を口にした。

「……まあ、それは一理あるわね」

「そういう意味では、むしろ安心だろ？」

「……なんで？」

「だって結月、まえに言ってたじゃん。『恋愛は、人間関係を狂わせる』って」

「…………」

「異世界ハーレムを目指している俺はこの世界の女には興味がないし、結月もそんな俺に惚《ほ》れることはありえないだろ？」

同盟相手にうそをつくのは心苦しいけど、俺はあえてそう言った。

それはもちろん、結月に本当の想《おも》いを気取られるのを防ぐためであり……。

なにより、自分自身に言い聞かせたかったのだ。

「だから、異世界に行けるその日まで、俺たちの関係は安泰だ」

「……そうね。そのとおりだわ」

皮肉っぽい笑みを浮かべ、結月は同意してくれた。

「……でも、それはそれとして」

くちびるをとがらせ、むっとした口調で続ける。

「翼《つばさ》ごときにハーレムに入れって言われたのは、冗談の類いでも屈辱《くつじょく》だったわ」

「う……ほんとすいません。反省してます」

「ペナルティとして、明日から同盟料を徴収するわ」

「なにそのシステム⁉」

「一日二百円」

「……地味にリアルな金額だな」

「それと、翼がハーレムって口にするごとに罰金百円ね」

「勘弁してください……」

「ダメ」

「…………」

「…………」

「…………え、まじで？」

「…………」

「ちょ、黙らないで！　なんか言って！」

「また明日」

「いや、笑顔で手を振らないで！　ちゃんと否定してから帰ろうよ！　ねえ!?」


翌日以降。

さすがに罰金をとられることはなかったが、結月《ゆづき》は以前にも増して、俺のハーレム好きを非難するようになった。

軟化していた態度も、すっかり元通りである。

いや、もしかしたら文化祭まえよりもとげとげしくなったかもしれない。

おかげで勉強を教えるのがえらい大変になってしまった……。

まあでも、きちんと関係を維持できているので、そんなに悪いことではない。


……ちなみに、修司《しゅうじ》についてだが。

手をつなぎながら例のアニメ映画を観《み》ろと勧めたところ、素直に実践したらしく、しかもそれが大成功で、めでたく恋人になったらしい。爆発しろ。

「……つ、翼《つばさ》は、キスしたこと、ある？」

昼休み。いつもの西館の屋上前。

ほのかに赤面した結月《ゆづき》が、上目遣いで訊《たず》ねてきた。

俺はいくらか躊躇《ちゅうちょ》して、正直に答える。

「そんなもん……あるわけないだろ」

「でしょうね」

結月はふふんとせせら笑った。あでやかな金髪をさらりとかきあげ、

「あなたみたいなハーレム厨《ちゅう》にそんな経験があったら、詐欺《さぎ》もいいところだわ」

……なんとも失敬な物言いだが、まったくそのとおりである。

反論しても敗北はあきらかなので、代わりに質問を返してみた。

「……結月は？」

「……ないわよ」

「だよな……」

俺と同レベルなのがしゃくなのか、やや悔しそうに答えた。

俺はひそかに安堵《あんど》の息をもらす。

これで結月が経験豊富だったりしたら、なんかちょっとへこむ。

いや、ちょっとどころではなくかなり落ちこむ。

男ときゃっきゃうふふしている結月なんて、できれば想像したくない。

……しかし。

この事態を打開するためには、あるいはそのほうがよかったのかもしれない。

「…………」

「…………」

気まずい沈黙が横たわる。

何分かそのまま経過して、やがて結月が口を開いた。

「……じゃ、じゃあ、しましょうか」

「え？」

「……えってなによ」

「ま、まじでするの？」

「するしかないじゃない」

「いや、でも……ファーストキスの相手が、俺でいいの？」

「い、いいわけないでしょっ」

結月《ゆづき》は机をばんっと叩《たた》き、ヤケになったように叫ぶ。
「――でも、異世界のためなんだからしょうがないじゃないっ！」
それは、まあ、そうなんだけどさ……。
うら若き乙女のファーストキスだぞ？
いくら目的のためとはいえ、好きでもない相手としちゃっていいんだろうか……？
俺にとって結月は、振られてもなお特別な存在だ。
勢いで口走ってるだけかもしれないし、軽率な判断はできない。
結月のことを想《おも》うなら、ここはいったん冷静にさせるべき……？
それとも、勢いにまかせてささっとやってしまったほうがいいのか……？
……ダメだ。わからん。
まずは頭のなかを整理しよう。
なにがどうなって、こんなおかしな状況になったのか。
――時間は、十分ほどまえにさかのぼる。

ついさきほどの授業を最後に、期末テストの答案がすべて返ってきた。
それによりなんとかぎりぎり、本当にぎりぎり、結月は試練を達成することができた。

言い換えると、結月に全教科で平均点以上を取らせるという、これまでもっとも過酷なミッションをクリアすることができたってわけだ。

長く苦しい日々だった……。

単語帳や模擬《もぎ》テストを作成したり、結月が家でサボらないよう定期報告の電話をさせたり、苛立《いらだ》つ結月のごきげんを取るためおいしいケーキを献上したり……。

ダメ貴族に仕える健気《けなげ》な従者か！　ってくらい、俺は甲斐甲斐《かいがい》しく働いた。

結月もなんだかんだ言って、俺の指導に最後までついてきてくれた。

いやはや、ほんと俺たち、よくがんばったよ。

文化祭のときはまだ楽しめる要素があったからよかったけど、今回はひたすらしんどいだけだったからな。俺も結月も、数え切れないほどあきらめかけた。でもそのたびに異世界への憧《あこが》れを思い出し、励まし合った。そして俺たちは見事にやり遂げたんだ。

それだけに達成感もひとしおだった。

正直、結月の答案を見たとき、軽く泣きそうになった。

とてもめでたい気分になり、俺たちは昼飯ついでにささやかな祝杯をあげることにした。

もちろんアルコールではなく、自販機で買ったコーラでだけど。

しかしただのコーラではない。なんと結月のおごりである。金額にしたら百円ちょっとだけど、俺にとってはどこの名水よりも価値があった。炭酸が心にしみた。

「ありがとう。翼《つばさ》のおかげよ」

「いやいや、結月《ゆづき》ががんばったからだよ」

「それはそうだけど、翼がいてくれなきゃ絶対に無理だったわ」

いつもより謙虚にそう言って、結月はカバンからタッパーを取り出す。

「なにそれ？」

「……わたしの手作りクッキーよ。ありがたく受け取りなさい」

照れくさそうにそっぽを向き、半ば押しつけるように渡してくれた。

「――わ、ありがとう」

ちょうど弁当を食べ終えたところだ。デザートがわりにさっそくいただくことにする。

ふたを開けると甘い香りがふわりと鼻腔《びこう》をくすぐった。

思ったより――っていうと失礼だが――しっかりした出来映えだ。

コゲとかはないし形も整っている。食べてみると味もよかった。

「うん、うまい」

「……当たりまえじゃない」

素直に感想を告げると、結月はまんざらでもなさそうにはにかんだ。

――かわいい。

結月のこんな笑顔、久々に見た。映画を観《み》に行ったとき以来か。

いかにも青春の一ページっぽくて、なんだかちょっとくすぐったかった。

同時にすこしだけ、胸がちくりと痛む。

いくらときめいたところで、俺の想《おも》いが成就することはないのだ……。

ほどなく俺のスマホがふるえた。ポケットから出して確認する。

四つ目の試練達成の通知だった。

そして続けざまに、次の試練の通知が来る。

「あ、そうだ。わたしもチェックしないと……」

結月もスマホを取り出した。

「まだ見てなかったのか？」

「達成感に浸ってて忘れてたのよ」

「じゃあせっかくだし、同時に見ようぜ」

「なにがせっかくなのかはわからないけど……まあ、いいわ」

――あとになって思えば。

何気なくしたこの提案が、よくないフラグを立ててしまったのかもしれない……。

俺たちは「せーの」でアプリを開き、

「――っ⁉」

その内容に、そろって息をのんだ。

俺の五つ目の試練は——『クラスメイトとキスをするのじゃ！』

結月《ゆづき》の五つ目の試練は——『クラスメイトと口づけを交わすこと』

……………ええー、まじっすか。

なんというか、これはまた、とんでもないのがきちゃったな……。

しかもふたりともかよ……。

試練の折り返し地点はキスって規定でもあるのだろうか……。

いや、こういうのはふつう、ラストまで温存しておくもんじゃねーの……？

文化祭や期末テストに比べれば、それは一瞬でクリアすることができるけど、しかし、手をつなぐやハグほど気軽にできるものでもなく……。

「「……………………はぁ…………」」

俺と結月のため息がシンクロし、なんとも言いがたい空気になった。

いったい、どうしたものか……。

しばし途方に暮れて、俺はハグの例を思い出した。

「……たとえば、手にするってのはどうなんだろ？」

どこにしろという指定はない。もしかしたらいけるかもしれないと思った。

「……そうね。試してみましょう」

結月はうなずいて、おずおずと手を伸ばした。

「あ、俺からするの？」

「……わたしからのほうがいいの？」

「いや、べつにそういうわけじゃないけど」

控えめに否定すると、結月がジト目になった。

「……さては、あとでそこをペロペロする気ね？」

「そんなことしねーよ！」

「だったら早くしなさい」

「……はいはい、わかりましたよ」

高飛車《たかびしゃ》な指図に従い、俺は結月の手を取る。

ドキドキを悟られないようわざと少々乱暴に、なめらかな甲にキスをした。

くちびるを離す。

ほんのり頬《ほお》を紅潮させて、結月は嗜虐《しぎゃく》的な笑みを浮かべた。

「ふふ……これであなたは、一生わたしの使い魔ね」

「なんの儀式だよ」

せめて忠誠を誓う騎士とかの扱いにしてくれ。

まあ、逆らえないって意味では、使い魔のほうが近いと思うけど。

「……てか、翼《つばさ》のくちびる、意外にやわらかくて逆にキモかったわ」

結月《ゆづき》はポケットティッシュを出して、おおげさに手の甲を拭《ふ》いた。

……机の下とかでさりげなくやるのが優しさなんじゃないの？

いや、結月に優しさを期待するほうが間違ってるか……。

「で、どう？　通知はきた？」

「…………来ないな」

祈るような気持ちでしばらく画面を眺めてみたが、うんともすんとも言わなかった。

「……やっぱり、口にしなきゃダメなのかしら」

「……っぽいな」

「…………」

「…………」

「……つ、翼は、キスしたこと、ある？」


——まあ、そんなわけで。冒頭の会話につながるのだが……。

結月の要求に応じるべきか、はたまた紳士として拒否すべきか。

回想したところで、答えが出ることはなかった。

「なによ、男のくせに怖《お》じ気《け》づいてるわけ？」

躊躇《ちゅうちょ》している俺に、結月は挑発的な言葉を投げた。

「翼の異世界への想《おも》いは、その程度だったの？」

ちょっとだけカチンときた。

異世界を愛する俺が、これだけ悩んでるんだぞ？

ということは、それだけの理由があるってことじゃないか。わかってくれとは言わないけど（それはそれで困るし）、せめて考えるくらいはしてほしい。

ましてや異世界への想いを疑われては、こちらとしても引き下がるわけにはいかない。

「本当にいいんだな？」

「いいって言ってるでしょ。しつこいわよ」

「……わかった」

苦々しい思いを表情に出さないよう、俺は慎重にうなずいた。

まあでも、言ってもたかがキスだしな。そこまで大層なことでもないか。

特別な意味は皆無だし。それこそ、ただの儀式みたいなもんだ。

どうせやらなきゃいけないなら、手早く済ませてしまおう。

座ったままだと体勢的にしんどい。お互い席を立って、歩み寄った。

「……じゃ、するぞ？」

「……ええ」

結月《ゆづき》は目を閉じて、すこしだけ上を向いた。

……改めて見ると、やっぱすげえ美人だよな。

まつげは驚くほど長いし、白い肌はすべすべだし、形のいいくちびるはうるおいにあふれている。そこからすこし視線を下げれば、無防備に張り出したバストが――

不覚にも見惚《みと》れてしまい、俺はそこで固まってしまった。

何秒か過ぎて、結月の目が開く。

「……ま、まだなの？」

「……い、いみゃからすりゅ」

「噛《か》み噛《か》みじゃない」

結月はくすりと、小馬鹿にしたような笑みを浮かべた。

「う、うるさいな。しょうがないだろ」

こんなもん、緊張しないほうがどうかしている。

「……ちなみに、翼《つばさ》はどうなのよ？」

結月がじっとこちらを見つめていた。

「ど、どうって？」

「……ファーストキスの相手が、わたしでいいの？」

なぜいまさらそんなことを、ちょっと不安そうに訊《き》いてくるんだ。

俺に選択権はないんだろう。俺の気持ちなんてどうでもいいんだろう。

それとも、どうでもよくないのか……？

だとしたら結月は、俺にどう思ってほしいんだ……？

もちろんそんなことは、考えたってわからない。

そもそもこの質問も単に場をつなぐためのもので、深い意味はないのかもしれない。

「……まあ、うん、べつに」

悩んだ挙げ句、俺はまごまごと答えた。

「……べつにってなによ」

不満げに眉《まゆ》をひそめる結月。

選択肢を間違えたっぽいのは理解したが、一度放った言葉は取り消せない。

本音を隠しつつ、思いつくままに言いつくろう。

「そりゃできればエルフのほうがいいけど、異世界のためなら仕方ないかな、って感じ」

「……ふうん」

なんとも含みのある『ふうん』だった。

「………もしかして、怒ってらっしゃる？」

「は？　なんでわたしが怒らなきゃいけないのよ？」

「それは知らないけど……でも怒ってるじゃん」

「怒ってないわよ」

いや、不機嫌さ百パーセントの声音で言われましても……。

「……もう面倒だから、わたしからするわ」

「あ、うん」

「目を閉じて」

「……はい」

結月《ゆづき》の怒りオーラに萎縮《いしゅく》して、すっかり言いなりになってしまう。我ながら情けない。

「じゃ、いくわよ」

「うん」

そして身構えた瞬間。

「――いってえ！」

ビシッと額に激痛が走った。いや、激痛はおおげさだ。実際はさほど痛くなかった。

不意打ちに驚き、思わず大きな声をあげてしまった。

衝撃から徐々に立ち直り、デコピンされたということに気づく。

当然、激しく抗議した。

「なにすんだよ⁉」

「やっぱやめたわ」

「はあ⁉」

「べつにファーストキスにこだわるほど乙女ではないけど、それでも相手がハーレム厨《ちゆう》ってのは、さすがに忸怩《じくじ》たるものがあるから」

「だからってデコピンすることないだろ！」

「うっさいハーレムバカ！　五年後にハゲろ！」

「うぐっ……せめて二十年後くらいにしてくれ！」

「これからは毎晩、翼《つばさ》の毛根が腐る呪《のろ》いをかけて寝るから！」

「やめて！　まじでやめて！」

「ハゲまくってからハーレム厨であることを後悔すればいいわ！」

——キーンコーンカーンコーン。

お互いヒートアップしたところでゴング——もとい、予鈴のチャイムが鳴った。

同時に深々とため息をつく。

言い争ってもしょうがない、と気づけるくらいには冷静になれた。

「……それで、どうするんだ？」

「……とりあえず今日はやめておいて、また明日考えましょう」

なにか抜け道的なアイデアがひらめくかもしれないし。

問題の先送りはどうかと思うが、焦るよりはいいだろう。

「……そうだな」


しかし、事態は思わぬ方向に転がっていく。

その日の放課後。

「……ちょっと、本屋に付き合いなさいよ」

「まあいいけど」

「昼休みのお詫《わ》びに一冊なにか買ってくれてもいいわよ」

「え、詫びるの俺なの？」

などとやりとりしつつ、帰り支度をしてふたりで教室を出ると、

「——あっ、そこのおふたりさん、ちょっといいかな？」

見知らぬメガネ男子に声をかけられた。

中肉中背で、そこそこ整った顔立ち。やわらかな笑みをたたえているが、それがなんか逆に怪しい。詐欺師《さぎし》っぽいというか。なんとなく腹黒そうな人だなと思った。

うちの高校は学年で上履きのカラーが決まっている。

一年であるうちらは赤、そしてこの人は黄色——つまり三年生だった。

「市宮《いちみや》くんと鮎森《あゆもり》さんだよね？」

「え、あ、はい……そうですけど」

ただでさえ人見知りなのに相手が先輩とあって、思わず身構えてしまう。

結月《ゆづき》はさりげなく俺の背後に隠れていた。関《かか》わるのめんどいから対処はまかせた、って顔をしている。俺はおまえの執事じゃねーぞ……。

まあ、結月の毒舌が炸裂《さくれつ》するほうがややこしくなりそうだから、俺が対応するけどさ。

「悪いんだけど、ふたりともこれから時間ないかな？」

「えーと、すいません。これから行くとこあるんで、ないですね」

本屋に行くだけなのであるにはあるけど、やんわりとそう言っておいた。

すると先輩は訳知り顔でうなずく。

「そっか。ふたりはこれからデートか」

「——ち、ちがうわよっ！」

俺よりさきに、結月が全力で否定していた。

「でも、一緒に教室から出てきたよね？」

「ちょっと本屋に寄るだけよ！」

先輩はにっこり笑った。

「ってことは、時間あるんじゃないか」

「——っ！」

誘導尋問にあっさり引っかかり、結月《ゆづき》が絶句した。

……この人、やっぱり腹黒系男子みたいだ。俺は警戒のレベルをひとつあげた。

「実は折り入って、ふたりに頼みたいことがあるんだよね」

「……俺たちに頼みたいこと？」

「そう」

「……というか、あなたどこの誰なのよ？」

敵意むき出しで結月が訊《たず》ねた。引っかけられたのがよほど悔しかったようだ。

「あ、これは失礼。申し遅れました。映研で副部長をやってる、来栖《くるす》和久《かずひさ》です」

先輩はうやうやしく頭を下げて、丁寧に名乗った。ぱっと見の印象どおり、腰の低い人である。完全にため口の結月にも、別段イラッとした様子はない。

「その映研の先輩がなんの用ですか？」

「うん、そのあたりの話は、ぜひ部室でさせていただきたいなと」

「お断りするわ」

「おっと……それはまた、どうして？」

「受ける理由がないからよ」

結月はきっぱりと告げて、「帰りましょう、翼《つばさ》」と俺のカバンを引っ張った。
……ま、結月の言うとおりである。
どんな内容の頼みごとかは知らないが、俺たちにメリットがあるとは思えない。
俺は「すいません」と会釈《えしゃく》をして、来栖先輩の横を通りすぎた。
──しかし、けっきょく俺たちは、このあと来栖先輩についていくことになる。
離れていく俺たちに向かって、来栖先輩がこんなことを言い出したからだ。
「異世界へのチケットに、興味はない？」

異世界へのチケット。
そんなことを言われては、異世界厨《ちゅう》として詳しい話を聞かないわけにはいかず……。
俺と結月はほいほい映研の部室までやってきた。
映研の部室は、部室棟三階にあった。広さは教室の四分の一くらい。
壁際の棚にはいろいろな機材があり、一番奥にはでっかいパソコンデスクがあった。
そのデスクのまえに座っていた女子生徒が、満面の笑みで迎えてくれる。
「おおー、よく来てくれた！」
ショートヘアが似合う、いかにも活発そうな美人だ。
ワークチェアから立ち上がり、大股でこちらに近づいてくる。

出迎えの声もそうだが、ひとつひとつのアクションがでかい。

背も女子のわりには高く、『姉御《あねご》』って形容がしっくりくる印象だ。

上履きをチェックすると、来栖《くるす》先輩と同じく黄色（三年生）だった。

「とりあえず座ってくれ！」

用意されていたパイプ椅子《いす》を勧められ、俺と結月《ゆづき》は言われるがまま腰を下ろす。

姉御先輩は満足げにうなずき、ワークチェアに座り直した。

椅子が足りないようで、来栖先輩は俺たちの背後で立っていた。

いくらこちらが客といはいえ、先輩を立たせて後輩が座っているというのは、いささか決まりが悪い。なにより俺たちを挟むこの位置どりは、獲物を逃がすまいとしているようで、あまり気分はよくなかった。

「あたしは部長の水原麻奈《みずはらまな》だ。よろしくな！」

「はあ……」

ハイテンションにどう応じていいかわからず、生返事になってしまった。

しかし先輩相手にそれはあんまりかと思い直し、

「……市宮翼《いちみやつばさ》です」

と、軽く頭を下げた。こちらの名前はすでに知っているっぽいけど、いちおう。

「…………」

結月は黙って様子見していた。さきほど同様、俺に対応をまかせるスタンスっぽい。

「ではまず、単刀直入に用件を言おう。きみたちを呼んだのはほかでもない。これは我が映研にとって非常に重要な任務で、きみたちがいないとできないことだ。いや、きみたちがいたからこそ、今回の構想に至ったといっても過言ではない！」

ぜんぜん単刀直入じゃないですね……。

「麻奈、早く本題に」

見かねたのか、来栖先輩がたしなめた。

「おっとそうだった」

水原先輩は仕切り直して、その重要な任務とやらを口にした。

「知り合いがそこそこ人気のインディーズバンドをやっていてね、新曲のプロモーションビデオをうちで制作することになったから、きみたちに出演してもらいたいんだ」

……まあ、映研からの頼みなら、そんなことだろうとは思っていたが。

「なんで俺と結月なんですか？」

「文化祭で接客するふたりを見てピンときたからだ」

「……いや、それだけじゃちょっとわかんないんですけど」

詳しい説明を求めると、水原先輩は嬉々《きき》として語ってくれた。

「まず、映像作品には美女がいたほうがいい、というのはわかるな？」

「はい」

映像制作の知識とは関係ない、ごくシンプルなことなので素直にうなずく。

美女に限らず、美しいものは人の心を惹《ひ》きつける。

結月《ゆづき》を固定カメラで撮るだけでも、それなりに見られる映像になるだろう。個人的にも見てみたい。ただ、俺はいないほうがいいんじゃね……？　って思う。

それについて率直に訊《たず》ねると、

「青春系のラブソングだから、相手役の男子も必要なんだ」

とのことだった。

……俺が結月の恋人役をやるのか。それはなんていうか、微妙な感じだな……。

おずおずと進言する。

「それならそれで、俺以外の男子を起用したほうがいいんじゃないんですか？」

「なぜだ？」

「……俺と結月じゃぜんぜん釣り合ってませんし」

苦笑いで告げると、水原《みずはら》先輩は首をかしげた。

「え、そうか？」

「そうでしょ」

「先日の文化祭できみらのクラスに行ったとき、とてもお似合いに見えたけどな」

「――はあっ？　どこがよ！」

さすがに黙ってられなかったのか、結月がキレ気味にツッコんだ。

「わ、わたしがこんなハーレム厨《ちゆう》とお似合いなわけないでしょう！」

気持ちはわかるけど、そんな顔を赤くするほど怒らなくても……。

水原先輩はくすりと微笑《ほほえ》んだ。

「ハーレム厨というのはよくわからんが……そんな照れなくてもいいじゃないか」

「照れてないわよ！」

「恋人をそんな悪《あ》しざまに言うものじゃないぞ」

「――こっ、恋人!?」

「あれ、ちがうのか？」

「ちがうわよ！」

「なんだ、そうだったのか……勘違いしてすまない」

水原先輩はぺこりと頭を下げて、朗《ほが》らかに笑う。

「まあでも、そんなことは些細《ささい》なことだ」

「いや、ぜんぜん些細じゃないわよ！」

「重要なのは、ふたりが心から信頼しあっていることだ」

「――べ、べつに信頼なんてしてないし！」

「でも、市宮翼《いちみやつばさ》にしか引き出せない、鮎森結月《あゆもりゆづき》の表情があるのはたしかだ」

「……っ！」

水原《みずはら》先輩に断言されて、結月は言葉を詰まらせた。表情というのは他者が観測するもので、自分ではわからないから反論が難しかったのだろう。

そして実際、水原先輩の主張は一理ある。まあ、俺にしか引き出せないというより、ほかの人のまえでは猫をかぶっているといったほうが正確だけど。

ともあれ、結月とセットで俺をキャスティングしたい理由はわかった。

「でも、俺たち演技なんてできないですよ？」

「大丈夫。なんとかなる。監督の力、つまりあたしを信じろ」

「いや、問題なのは監督じゃなくて役者の力なんですが……」

「役者の力を引き出すのも監督の仕事だ。それにさっきも言ったがプロモーションビデオだから尺も短いし、台詞《せりふ》もない。こちらの言うとおり動いてくれたらそれでいい」

「……時間はどれくらいかかります？」

「半日もらえれば充分かな」

……なるほど。それならそんなに大変じゃない、かな？

水原先輩も素人にそこまで難しいことは要求してこないだろうし。

聞けば、演奏しているバンドメンバーがメインっぽいし。

カメラに撮られることに抵抗はあるけど、相応の見返りがあるなら引き受けてもいい。

「もちろんタダとは言わない」

俺の心情を察したように、水原先輩が言う。

「報酬として、異世界へのチケットを渡そう」

そう。本当にそんなものがもらえるなら、ＰＶ出演くらいおやすいご用だ。

しかし、話がうますぎるわけで……。

「……それ、本物なの？」

結月がうさんくさそうに訊《たず》ねた。

「もちろん」

「じゃあ見せてみなさいよ」

「手元にはないから無理だ。撮影が終わったら渡すと約束しよう」

「……どうしてそんなものを持ってるんですか？」と俺が訊ねる。

「それは僕から説明しよう」

来栖《くるす》先輩が水原先輩の隣に移動した。

「実は僕のイトコに異世界に転生した人がいて、その人から譲ってもらったんだ」

「……転生した人からどうやってチケットをもらうんですか？」

当然の疑問をぶつける。来栖先輩はにこやかに微笑《ほほえ》んだ。

「それは秘密」

「……やっぱり、実際にはそんなものないんでしょ？」

結月《ゆづき》がイラッとした口調で問い詰める。

「いや、たしかに存在するよ」

「異世界ラノベの読みすぎなんじゃない？」

……おまえがそれを言うか。

来栖《くるす》先輩は苦笑して、肩をすくめた。

「たしなむ程度には読むけど、きみたちには負けるだろうね」

むしろたしなむ程度には読むんかい。まあ、だからこそ文化祭で俺たちが異世界好きだと見抜き、条件としてチケットを提示することができたのか……。

「もしうそだったら、代わりに僕の全財産を渡してもいいよ」

「…………」

来栖先輩に余裕たっぷりにそう告げられ、さしもの結月も押し黙った。

個人的には……そこまで言うなら、信じてもいいような気がした。

しかし、この場で答えを出す必要もない。

試練の件もあるし、一度持ち帰って、結月とふたりきりで相談するべきだろう。

「……ちょっと考えさせてもらってもいいですか？」

「構わないよ」

俺の申し出に、水原《みずはら》先輩は鷹揚《おうよう》にうなずいた。

「ただ、スケジュールの問題もあるからな。返事は早めにほしい」

「了解です」

連絡先を教えてもらい、俺と結月は部室をあとにした。


「……異世界へのチケットなんて、本当にあると思う？」

帰り道。部室棟を出たところで、結月が訊《たず》ねてきた。

「うーん、限りなくうそっぽいけど、可能性はゼロじゃないかな」

「具体的にはどれくらい？」

「十パーセントくらい」

「……思ったより高いわね」

「だって女神さまが実在したんだぞ？　ならなにがあっても不思議じゃないだろ」

「……たしかに。そう言われてみると、そうね」

歩きながらしばし考える。

メリットとデメリットを天秤《てんびん》にかけると、徐々に前者のほうにかたむいていった。

「引き受けてみても、いいんじゃないか？」

「ええ……」

控えめに言ってみると、露骨にいやそうな顔をされた。

「一癖ありそうだけど、悪い人たちじゃなさそうだし」

「はあ？　どこがよ」

「結月《ゆづき》の失礼な態度にも、まったく怒らなかったところ」

「………………」

いちおう自覚はあったようで、結月は無言で俺の主張を認めた。

「あと、俺の持論なんだけどさ」

「なによ？」

「異世界ラノベを読んでる人に、悪い人はいない」

むろんこれは、半分冗談である。

しかし半分は本気で、正直、それだけで来栖《くるす》先輩にはけっこう親近感がわいていた。

「……ま、それもそうね」

結月がうなずく。

「わたしもあのふたりにはすこし興味があるし、ダメ元でやってみてもいいかもね」

さらにあてつけっぽく付け足す。

「試練も翼《つばさ》のせいで詰まってるし」

「……なんで一方的に俺のせいなんだよ。キスを拒否したのは結月だろ」

ちょっとだけカチンときて、思わず言い返してしまった。

「わたしが拒否したのは相手がハーレム厨《ちゅう》だからで、つまり翼に責任があるわ」

「……その論理がありなら、なんでもかんでも俺のせいにできるよな？」

「実際、翼のせいだからなんの問題もないわ」

そこまで言い切られると、本当に俺が悪い気がしてくるな……。

「てゆーか、ものすごくいまさらなこと訊《き》いてもいい？」

「くだらないことだったら殴るわよ？」

「ハーレム厨ってそんなに女子に嫌われるの？」

「……えっと、何発ほしいの？」

こぶしを振り上げる結月。

俺は顔を引きつらせ、すぐさま謹《つつし》んでお詫《わ》びした。

「すいません。ゼロでお願いします」

「…………ほんと、翼ってあれよね」

結月はこぶしを下ろして、アホな弟子を持った賢者のごとくため息をついた。

「逆に訊くけど、どうして翼はそこまでハーレムにこだわるの？」

「……そりゃあ、もちろん、幸せになりたいからだよ」

「べつにハーレムを作らなくても、幸せになれるでしょ。……ひとりの女性と愛し合うだけじゃダメなの？」

「愛《いと》しい人が多いに越したことはないだろ」

「……それは、いくらなんでも贅沢《ぜいたく》すぎない？」

「そうかもしれないけど、俺は〝最高の幸せ〟がほしいんだよ」

「なんで？」

「……話してもいいけど、あんまり愉快な話じゃないよ？」

「すでにじゅうぶん不愉快だから問題ないわ」

結月《ゆづき》がじっとこちらを見つめる。

「だから聞かせて。同盟相手として、翼《つばさ》のことをもっと知りたい」

その声音には真摯《しんし》な響きがあった。

……まあ、そういうことならと、俺はさくっと語った。


俺にはかつて、とても慕っていた叔父《おじ》さんがいたこと。

その叔父さんは異世界大好きのラノベ作家で、俺の師匠のような存在だったこと。

叔父さんは大人にもかかわらず、異世界でハーレムを作る夢を抱いていたこと。

けれど五年前に、俺をかばって事故で亡くなってしまったこと。

だから俺は、叔父さんのぶんまで幸せにならねばと思ったこと。

その遺志を継ぎたいと思ったこと。


「……なるほど。そういう事情があったのね」

「やっぱつまんない話だったな」

「そんなことないわ。話してくれてありがとう」

と、結月はやわらかな笑みを浮かべた。

なかなかレアな表情である。俺はすこしドキリとした。

「ちなみに、その叔父さんはなんて作品を書いてたの？」

「代表作は『四十八手で異世界ハーレムを無双する』かな」

「……タイトルだけでだいたい想像できるけど、どんな話？」

「性の文化が遅れた世界に、性の知識だけは人一倍ある主人公が転生して無双する話。いま読むとすげえしょうもないんだけど、当時は小学生だったからめっちゃ興奮したな」

あと、ヒロインの生理周期を考慮して作戦を練ったり、魔法で避妊具を作ったり、魔王が性病をばらまいたり、そういうバカみたいな展開のおかげで、意外と保健体育の勉強になった。いやまじで。

「読みたいなら貸すけど？」

「……けっこうよ」

ですよね。叔父《おじ》さんには悪いけど、結月《ゆづき》が読んでもたぶん面白くないと思う。

無理に勧めたらセクハラになりそうな気もするし……。

でも叔父さんは、そんな本を小学生の甥《おい》に読ませたんだよなぁ……。

なんというか、救いようのない異世界バカだ。

盛大に苦笑いをしつつ、改めて叔父さんに感謝の念を抱いた。


帰宅して一息ついたあと。俺はＰＶ出演の承諾を、来栖《くるす》先輩にＬＩＮＥで伝えた。

するとさっそく今週末に撮影しようと提案される。

そんな急に言われてもこちらにも予定というものが……特になかった。

俺と結月は部活もバイトもやっていない。主な休日の過ごし方は異世界ラノベをまったり読むことである。だから余裕で対応できた。

そんなわけで俺は日曜日にもかかわらず、制服を着て学校へとやってきた。

「……おそいわよ」

下駄箱《げたばこ》のまえで、やや不機嫌そうな結月が待っていた。

「おそいって、べつに遅刻ではないだろ？」

十四時に一年B組の教室に集合とのお達しで、現在その五分前だった。

「てか、なんでこんなところにいるの？」

上履きに履き替えて訊《たず》ねる。

「……だって、二対一になったら不利じゃない」

結月はくちびるをとがらせて答えた。

「ああ、ひとりじゃ心細かったのか」

「……なんでこういうときに限って察しがいいのよ」

「同盟相手だからな。結月の考えそうなことはだいたいわかるよ」

「…………」

俺が決め顔で告げると、結月は黙って教室に向かった。

スルーですかそうですか……。俺は若干へこみながら横に並んだ。

思えば文化祭などの特例をのぞき、休日に登校するのははじめてである。

グラウンドには運動部の連中がいたけど、校舎内はがらんとしていて、独特の雰囲気だった。これがラノベの冒頭なら、確実に非日常と遭遇するな……。

しかし残念ながら特に何事もなく、教室に到着。

先輩方はすでにいて、カメラなどの準備をしていた。

「おはよう！　時間ぴったりだな！」と水原《みずはら》先輩。

「おはよう。来てくれてありがとう」と来栖《くるす》先輩。

入ってくる俺たちに気づくと、それぞれ挨拶《あいさつ》してくれた。

そして挨拶を返すやいなや、水原先輩が快活に宣言する。

「それじゃさっそく撮影に入ろうか！」

「え、ここで撮るんですか？」

「最初のうちはな。普段過ごしている教室なら、すこしはリラックスしてできるだろ？」

「……まあ、そうですね」

おっしゃるとおり、いきなり街中に繰り出されるよりはずっといい。

それで集合場所がここだったのか、と腑《ふ》に落ちた。

しかしあいにく、まだ心の準備ができていない。

「……あの、台本とか絵コンテはないんですか？」

「あるぞ。あたしの頭のなかに」

「……つまり、行き当たりばったりってことですか？」

「そんなことない。ちゃんとイメージできてるから安心しろ」

「………………」

疑いの眼差《まなざ》しを向けると、水原先輩は目をそらした。

「とはいえたまーに、その場のひらめきを優先することもあるがな」

……やっぱり行き当たりばったりじゃないか。

できればどんなシーンを撮るのか、把握しておきたかった……。

「ちなみに、ほかの部員はいないんですか？」

「いない。うちはあたしと和久《かずひさ》のふたりだけだからな」

「……よく部として存続できてますね」

「まあ、このままいくと、来年には廃部だろうな」

「………………」

やっぱり断ったほうがよかっただろうか……？

なんて不安を募らせていると、

「そんな身構えなくても大丈夫だよ」

来栖先輩が微笑して、俺の肩をぽんと叩《たた》いた。

「こう見えて、麻奈《まな》の腕はたしかだから」

「……信じていいんですね？」

「うん。麻奈にまかせておけば問題ない」

気休めで言っているのではなく、本当に心から信頼しているようだった。

「……わかりました」

ここでぐだぐだ言っててもはじまらない。

覚悟を決めて撮影に臨んだ。


果たして、来栖《くるす》先輩の言葉は正しかった。

たしかに水原《みずはら》先輩には、映像監督としての力があるらしい。

もちろん完成した映像を観《み》てみないと、実際のところはわからない。

しかし、すくなくとも頭のなかに絵コンテがあるというのは本当だったようで、撮影は思ったより快調に進んだ。ここで向かい合ってくれ。ここに座って雑談してくれ。ここを並んで歩いてくれ。指示が具体的だったので素人でも対応しやすかった。

ふたりの先輩が真剣そのものだったのも大きい。

創作に対する真摯《しんし》な姿勢を目の当たりにして、俺も結月《ゆづき》も気が引き締まった。

おかげでじっと見つめ合うとか、肩を寄せ合うとか、そういったシーンでもあまり照れずにこなすことができた。役者気分を味わえて、なんならちょっと楽しかったくらいだ。

最初のほうは緊張で何度もリテイクを受けたが、慣れてくるにしたがってその回数は減っていった。一発で決まると気持ちよかった。

まあ、ＯＫだからといって使われるとは限らないらしいが。

いくらか余分に素材を作っておいて、最終的に編集でどうするか決めるんだとか。

そうでなければさすがにちゃんとした絵コンテを用意すると、来栖先輩が苦笑まじりに教えてくれた。いや、だとしても絵コンテはふつうに用意しておくものでしょう……。

小休憩を挟みつつおよそ三時間。

教室、廊下、階段、昇降口、その他、校内のいろんなところで撮影をした。

「あとは、夕焼けの通学路かな……」

グラウンドの片隅で空を仰ぎ、水原先輩がつぶやく。

しかし現在の時刻は午後五時過ぎ。夕焼けにはまだすこし早く、一時待機となった。

「和久《かずひさ》、ちょっとコンビニ行ってアイスでも買ってきてくれない？　モナカのやつ」

「了解」

水原先輩の頼みをふたつ返事で引き受け、来栖先輩はこちらを向いた。

「ふたりのぶんも買ってくるけど、なにがいい？　おごらせてもらうよ」

「いや、俺も一緒に行きます」

先輩をパシらせるのはさすがに気後《きおく》れした。

「わたしも行くわ。なにがあるか見てから決めたいし」

というわけで、三人で学校を出た。水原先輩はこれまで撮影した動画のチェックおよびバックアップのため、部室で作業しながら待っているとのこと。

最寄りのコンビニまでは徒歩二分ほどである。

「それにしても、きみたちが引き受けてくれてよかったよ」

道すがら、来栖《くるす》先輩がおもむろに口を開いた。

「おかげで麻奈《まな》の機嫌がすこぶるいい。本当に大助かりだ」

にこにこ笑う来栖先輩を見て、俺も自然に頬《ほお》がゆるんだ。

「来栖先輩ってあれですよね」

「なんだい？」

「水原《みずはら》先輩のこと大好きですよね？」

「うん」

一切動じることなく、来栖先輩はうなずいた。

「……先輩たちって付き合ってるんですか？」

と、結月《ゆづき》が敬語で訊《たず》ねる。

言葉遣いが変わったのは、この数時間で先輩方の認識を改めたからだろう。

気持ちはわかる。異世界ラノベをこよなく愛する俺たちは、クリエイターという人種に対して、敬意のようなものを抱いていた。

来栖先輩が答える。

「いちおう、そういうことになるかな。幼稚園のときからずっと一緒にいるから、あんまりそういう感じしないけど」

……ってことは、ふたりは幼馴染《おさななじみ》なのか。なにそれうらやましい爆発しろ。ついでにこのまえ頼んでもないのに彼女との写真を送ってきやがった俺の幼馴染はもっと爆発しろ。

しかし、納得といえば納得だった。絵コンテがないにもかかわらず、来栖先輩は瞬時に水原先輩の意図を読み取り、カメラや照明をセットしていた。ああいうのを阿吽《あうん》の呼吸って言うんだろう。ただの部活仲間とは思えない絆《きずな》が垣間《かいま》見《み》えた。

「それどころか、実は婚約してるし」

「「――はいっ!?」」

俺と結月は仰天し、来栖先輩を二度見した。婚約て。そこまでいかれたら、もうふつうに祝福するしかない。ご祝儀は意地でも出さないが。

「といっても、十年前の約束だけどね」

「ああ、そういう……」

「僕はいまでも本気だけど」

「………………」

さわやかな笑みでそんなことを言われても反応に困る。

結月は俺と来栖先輩を交互に見て、意味ありげなため息をついていた。

――翼《つばさ》もすこしはこの一途《いちず》さを見習ったら？

と、言われた気がする。

いや、俺だってある意味一途《いちず》だし。異世界ハーレム一筋だし……。


コンビニに到着する。

話を中断し、人数分のアイスを購入。

会計は来栖《くるす》先輩におまかせしたが、荷物は俺が持った。

「で、そういうきみたちはどうなの？」

コンビニを出ると、来栖先輩が話を再開させた。

「どう、とは……？」

ふわっとした質問に、俺は首をかしげる。

「傍《はた》から見てるぶんには相思相愛にしか見えないけど、本当に付き合ってないの？」

「つ、付き合ってませんよ」

『相思相愛にしか見えない』という言葉に軽くうろたえつつ、手を振って否定した。

その際、さりげなく結月《ゆづき》の顔をうかがう。

「…………」

結月は俺の反応を探るように、無言でこちらを見つめていた。

……まずい。あまり動揺しすぎると、本音を悟られてしまうかもしれない。

「じゃあどんな関係なの？」

「ただの同好の士ですよ」

声が上擦《うわず》ったりしないよう慎重に返した。

「それ以上でもそれ以下でもないです」

本当は女神さまの件が絡むのでもうちょっと複雑だけど、その説明はややこしすぎるから割愛《かつあい》させてもらった。

「ふうん……ちなみに失礼を承知で訊《き》くけど、趣味が合う異性がそばにいたら、ふつうは惹《ひ》かれるものなんじゃないの？　ましてや鮎森《あゆもり》さんは美人だし」

「あー、残念ながら、俺は異世界の女にしか興味がないので」

「あはは、またまたー」

「いや、冗談ではなく」

真顔で告げると、来栖先輩の目が点になった。

「ちなみに、鮎森さんのほうはどうなの？」

「……わたしも、翼《つばさ》みたいなハーレムバカはごめんです」

来栖先輩の問いに、結月はうんざりとした口調で答える。

「……ま、そんなわけで、俺たちが男女の仲になることはありえないんです」

胸に鈍い痛みを感じながら、苦笑まじりに断言した。

やはりうそをつくのはしんどい……。

ただ、今日一番の演技だったようで、来栖《くるす》先輩は納得してくれた。

……いや、相手は映研の副部長だ。本当は気づいていたかもしれない。

しかしすくなくとも、これ以上深くツッコんではこなかった。

「とりあえず、ふたりが想像以上に異世界好きなのはよくわかった」

校門が見えてきたところで、来栖先輩が申し訳なさそうに頭を下げた。

「ごめん。なんのことかはまだ言えないけど、さきに謝っておくよ」

「……いや、なんのことか言って下さいよ。怖いじゃないですか」

「それはまあ、撮影が終わったあとのお楽しみってことで」

謝罪されなきゃいけないことをどうしたら楽しみにできるんだよ……。

しかしなんやかんやとかわされて、教えてくれないまま部室についてしまう。

それからアイスを食べて、夕焼けをバックに三十分ほど撮影。

何事もなく、解散の運びとなった。


……そして帰り際、来栖先輩はきっちりとやらかしてくれた。

結論から言ってしまうと、報酬のチケットがニセモノだったのだ。

いや、ニセモノではない。ある意味それは本物だった。それだけにタチが悪かった。

「十八歳未満は使えないのであしからず」

と、来栖先輩から受け取ったそのチケットは、全体的に黒っぽい光沢を放っていて、なにやら魔術的なオーラを感じた。期待がふくらみ、まじまじと見つめる。

そこにはこう書いてあった。

——おかまバー
——アナザーワールド
——ワンドリンクサービス券

なぜか『ア』と『ナ』と『ル』の文字がほかより一回り大きなフォントだったが、それは気づかなかったことにして、

「……なにこれ？」

俺はため口で訊《たず》ねた。

「おかまバー『アナザーワールド』のワンドリンクサービス券だね」

来栖先輩はお得意のさわやかな笑みで答えた。

「……転生したっていうイトコさんは？」

「女として生まれ変わって、ここで働いているんだって」

「…………」

「あと、これだけだとさすがに悪いから、図書カードもつけるね」

「…………」

いや、図書カードは嬉《うれ》しいけどさ……。

あまりのオチに絶句することしかできなかった。

なんかもう怒るのもバカらしい……。

結月《ゆづき》も同感らしく、あきれ果てたようにため息をついた。

「……ま、そんなことだろうと思ったわ」

その反応は、正直かなり意外だった。

結月のことだから、さぞ激昂《げきこう》するかと思ったのだが……。

そういやコンビニから戻ってきたあたりから、すこし様子がおかしかった気がする。

あきらかに口数が減っていたし。単に疲れているのかと思っていたけど……。

なんだかちょっと心配である。

先輩方と別れたあと、帰宅中にその件についてふれてみることにした。

「結月、もしかして体調悪い？」

「え、なんで？」

目をぱちくりさせる結月。演技ではなく本当に質問の意図がわからないって感じだ。

どうやら体調は大丈夫っぽい。じゃあなんでだろう……？　と思いつつ話を続ける。

「だってチケットがあれだったのに、あんま怒ってなさそうだから」

「……温厚なわたしがそれくらいで怒るわけないじゃない」

「え？」

「は？」

　きょとんとすると、思いきりにらまれた。

「ほら！　ぜんぜん温厚じゃねーじゃん！」

「……うるさい。わたしにもいろいろ思うところがあるのよ」

　苛立《いらだ》ちを隠さずにそう言って、結月はぷいっとそっぽを向いた。

　そのまま沈黙してなにやら考えこむ。

「……悩みごとがあるなら、相談に乗るよ？」

「ひとりで考えたいからちょっと黙ってて」

「……あ、はい」

　思ったより冷たく拒絶されてしまい、それ以上かける言葉が見つからなかった。

　街灯の下を無言で歩く。太陽はすっかり沈み、空には中途半端に欠けた月があった。

　……なんだろう、この微妙な気まずさは。

　ケンカをしたわけでもないのに、なぜだかそれに近い雰囲気である。

　悩んでいることじたいは否定されなかった。そんなにシリアスな悩みなのだろうか？

だったら力になりたい、と思う。

異世界に関することじゃなくてもいい。結月《ゆづき》が困っているなら助けてあげたい。

でも、口には出せなかった。拒絶されるのが怖かったのだ。

いっそ命令してくれって思った。こき使ってくれて構わない。

結月に必要ないって言われるのは、自分でも意外なほど堪《こた》えた。

分かれ道である駅前についてしまう。

そこでようやく、結月が口を開いてくれた。

「……ねえ、翼《つばさ》」

「な、なに?」

「来週の日曜ってなにか予定ある?」

「特にないけど……」

「そう。ならわたしのシミュレーションに付き合って」

「シミュレーション? なんの?」

「デートのよ」

「……え、なんで?」

唐突な申し出に目を瞬《またた》かせる。

「……いろいろ思うところがあるって言ったでしょ」

結月は半眼でこちらを見た。

「まさか嫌とは言わないわよね？」

「まあ、うん、べつに構わないけど……」

修司《しゅうじ》のときにはこちらが世話になったし、それがなくても断る理由はなかった。

「ちなみに、どこに行くの？」

「それはこれから考える。詳しくは決まりしだい連絡するわ」

さらに結月は挑みかかるような目つきで、

「あと、今回はまえみたいなぬるい感じじゃなくて、本気でやってもらうから。ラブラブカップルって設定で、今日の演技以上にいちゃいちゃしまくるわよ」

「……まじで？」

「ええ。覚悟してなさい」

「……りょ、りょーかいです」

蠱惑的《こわくてき》に微笑《ほほえ》む結月に、俺はドギマギしながらうなずいた。

好きな人と出かけられるときめきが半分、なにが起こるかわからない不安が半分、といった感じである。

……いや、どちらかといえば後者のほうが大きかった。

結月《ゆづき》の言う『思うところ』とは、いったいなんなのだろう？

ラブラブカップルのシミュレーションで、いったいなにがわかるのだろう？

なんにしても、俺の想《おも》いがバレないようにしないとな……。

当日までにイチャラブ要素の強い異世界ラノベを読みこんで、イメージトレーニングをしておこうと思った。

★★★

Which do you love me or "isekai"?

本当はわたしのことが好きなんじゃない？

そんなこんなで一週間後。夏休みまえ、最後の週末。

空がゆっくりと茜色《あかねいろ》に染まっていくなか、俺は駅前へとやってきた。

目のまえを老若男女、大勢の人が行き交う。いつもの五倍以上の人通りだ。

浴衣や甚兵衛《じんべえ》など装い華やかな連中が、我が物顔で闊歩《かっぽ》していた。

昨日と今日はうちの地元で開催される、年に一度の夏祭りである。

ここからほど近い神社と商店街に、所狭しと出店が並ぶ。

インドア派の俺には本来縁のないイベントで、正直に言うと帰りたかった。

しかし、そういうわけにもいかない。

これから結月とデート（シミュレーション）だった。

連絡が来たのは昨夜である。なにもそんな人ごみのなかへ出かけなくても……と思わなくもなかったが、文句を言って機嫌を損ねられるほうが厄介だ。承知するしかなかった。

ただし、そういった不満はほどなく一掃されることとなる。

約束の五分前に現れた結月が、予想を遥《はる》かに超えて綺麗《きれい》だったからだ。

——浴衣姿、である。

夜空を思わせる濃紺の生地に、可憐《かれん》な花びらが舞っている。

桃色の帯がよく映えていて、手にしている巾着《きんちゃく》もいい味を出していた。

艶《つや》めく金髪は後ろでまとめられ、花のついたかんざしでとめられている。

ごくりと生唾《なまつば》をのむ。いつもよりぐっと色気があり、釘《くぎ》づけになってしまった。

はじめて私服姿を見たときもやばかったが、それ以上の衝撃だ。金髪と浴衣という一見ミスマッチな組み合わせに、まさかここまでのポテンシャルがあったとは……。

見惚《みと》れているあいだに、結月《ゆづき》が歩み寄ってくる。下駄を履いているため、ゆったりとした歩調だ。かっ、かっ、という乾いた音が控えめに響く。下駄の効果音といえば『からんころん』だけど、実際はそこまで雅《みやび》ではないんだな……。まあ、結月本人が雅を極めているので、そんなことはどうでもいいのだが。

「こんばんは」

手を伸ばせば届く位置で足を止め、結月がすました顔で挨拶《あいさつ》してきた。

……もうシミュレーションははじまっている、ということか。

そうやって猫をかぶられると、同級生とは思えないくらい大人っぽいな……。

「こ、こんばんは」

俺はすっかり照れてしまい、どもりながら返す。

「ふふ、いいでしょう?」

俺の反応に気をよくして、結月は嬉《うれ》しそうに微笑《ほほえ》んだ。

軽く袖《そで》を持ち上げたり、うなじを見せつけるよう斜めに立ったりして、

「翼《つばさ》に見てもらうために、昨日買ったばかりのやつよ」

と、凶悪にかわいい台詞《せりふ》を吐いてくる。

これが演技じゃなくて、本音だったらいいのに……。

激しく刺さるときめきに、そう思わずにはいられなかった。

「ねえ？　どう？　そこまでまじまじと見たんだから、ひとことくらい感想を言ってくれても、バチは当たらないんじゃない？」

期待に満ちた瞳《ひとみ》で見つめられ、たしかにそのとおりだと思う。

デート（シミュレーション）の相手がここまでお洒落《しゃれ》をしてくれたのだ。

なにも言わなきゃ男が廃《すた》る。

「えーと、そうだな、うん…………すごく、綺麗《きれい》だと思う。よく似合ってる」

……小学生か。我ながら語彙《ごい》が貧弱すぎる。もっとこう、いろいろ褒めたいのに。

「いやほんと、めちゃくちゃ綺麗だし、尋常じゃなくかわいい。浴衣はもちろんだけど、なによりそれが抜群に似合う結月自身が最高、だと思います」

せめて手数で勝負しようと、頭に浮かんだ言葉をそのまま口にした。敬語がまざる意味は自分でもよくわからない。

「あとは……あー、ダメだ。ごめん。綺麗《きれい》とかわいいしか出てこない」

「……あ、ありがとう。も、もういいわ。それ以上言われたら、やばい……」

結月《ゆづき》は頬《ほお》を真っ赤に染めて、もじもじとうつむいた。

しばらくそのままの状態で硬直。やがて大きく息をつき、顔をあげた。

「……そ、それじゃあ、行きましょうか」

「あ、うん、そうだね」

とりあえず神社のほうに足を向ける。ここから五分くらいだ。

「……ちょっと」

歩き出していきなり、結月が不機嫌そうな声を出した。

「え、なに？」

「ら、ラブラブカップルのデートなんだから、手くらいつなぎなさいよ」

「……あー、了解です」

言われるがまま、俺はおずおずと結月の手を握る。

せっかくなので指を交互に絡ませる、恋人つなぎにしてみた。

「……よろしい」

結月は満足げにうなずいた。超かわいい……。

こんなにもかわいい娘《こ》と並んで歩いていいのだろうか。

すれ違うほとんどの人から、怪訝《けげん》そうな視線を向けられている気がする。

いや、そんなことを気にしてもしょうがない。結月も気にしてなさそうだし。開き直って、自慢するくらいの気持ちで振る舞ってやることにした。祭りという非日常的な空間だし、ある種の異世界だと思えば、それはそんなに難しくない。

下駄の結月に合わせて意識してゆっくりと歩き、神社の入口にやってくる。

笛や太鼓の音が響き、雰囲気はいっそうにぎやかなものになった。

……てゆーか、にぎやかすぎる。

小さな神社なので、境内は人口密度がすごいことになっていた。

「……ここに入っていくの？」

および腰で訊《たず》ねると、結月はにっこり笑った。

「しっかりエスコートしなさいね」

えぇ……いや、まあ、結月が行きたいなら行くけどさ……。

結月の手を引いて、夏場の市営プールみたいな狭い道に入る。蒸し暑い熱気を感じた。

渋滞が発生しておりなかなか前に進めない。なにックマーケットだよって感じ。

入口付近を突破すると、多少は道が開けた。ふうと息をついて、

――結月、大丈夫か？

と声をかけようとした、そのときである。

結月《ゆづき》がつないでいた手を放し、俺の左腕に素早く腕を絡めてきた。

びくりとして隣を見る。

「——ちょっ」

「こっちのほうが楽だから、こうさせて」

そして——むぎゅっと密着してくる。浴衣越しにとんでもない感触が伝わってきた。

やわらかな弾力と、たしかなあたたかみ。ぐはあっ。その破壊力に、俺は声にならない悲鳴をあげた。反射的に逃れようとするも、がっちりホールドされている。しかも厄介なことに抵抗すればするほど、むぎゅむぎゅと胸が押しつけられる。

——ちょ、待って！　さすがにこれはやばいって！

「ゆ、結月さん……っ？　ちょっとくっつきすぎじゃないかしらん？」

「道が狭いからしょうがないじゃない」

上擦《うわず》りまくった声で抗議すると、結月はにやにやと言い訳した。

「それに履き慣れてない下駄だと、転びそうで怖いし」

どうやら建前だけでもないっぽい……。

誰かとぶつかってバランスを崩すおそれもある。たしかにしがみついていたほうが安心だろう。俺の細腕ですこしでも負担が軽くなるなら、支えるのもやぶさかではない。

いや、でも、しかし。

いくらラブラブカップル設定だとはいえ、限度ってものが……っ。

「……む、胸が盛大に当たってるんですけど」

情けないほど赤面しているのを自覚しながら、遠慮がちに注意する。

「役得ね」

結月は余裕の笑みを浮かべた。

……いや、そうでもないか？　俺に比べれば冷静といっていいかもしれないが、結月は頬《ほお》を紅潮させていた。恥じらいがないわけではないらしい。しかし、自分が優位なのをいいことに、「ふふ、サービスしてあげる」と、さらに胸を押しつけてきた。

「──っ、ちょ……あの、すいません。本気でやめてもらっていいですか……？」

ドキドキしすぎて心臓が痛い……。

「またまた、嬉《うれ》しいくせに」

結月は身体《からだ》だけでなく、艶《つや》やかなくちびるも近づけてきた。耳元でそっとささやく。

「翼《つばさ》って、おっぱい好きだもんね」

「──っ……な、なぜそれを？」

動揺のあまり、認めるに等しい質問をしてしまった。

「だって翼が好きなラノベのヒロイン、みんな巨乳じゃない」

ぐっ、しまった。

まさか異世界ラノベトークによって、俺の性癖が漏洩《ろうえい》していたとは……。

「それに、わたしの胸もちょくちょく見てるし」

「…………」

言葉を失い、血の気が引いた。

残りHP1の状態で、即死魔法をくらった気分だ。オーバーキルにもほどがある。

「…………ごめんなさい……」

もはや弁解する気力もなく、平身低頭して詫《わ》びるほかなかった。

「べつに謝らなくてもいいわ」

結月《ゆづき》は寛大にも許してくれた。照れたように目をそらして、

「……相手が翼《つばさ》なら、そんなに悪い気はしないから」

またしても俺の心をかき乱すようなことを言う。

いかん。これはいかん……。ツンデレキャラはそれほど好みではないのだが、その認識を改める必要がありそうだ。魅了系のチートスキルでも使われてるんじゃないか？　ってわりと真剣に思うほど、結月のデレは凄《すさ》まじかった。

ため息をつき、一度結月を視界から追い出す。

赤い提灯《ちょうちん》の存在感がちょっとずつ増してきてはいるが、夜はまだまだこれからである。

この程度で消耗していてどうする。もっと気合いを入れろ。

しつこいようだけど、これは本当のデートではなく、シミュレーションだ。
つまり、遊びではないのである。
はっきりとした確証はないけど……。
おそらく結月は、俺の本心を探っているんだと思う。
根拠は先週の撮影の合間、コンビニに行ったときの出来事だ。
あのとき来栖《くるす》先輩にあれこれ言われて、俺は動揺してしまった。
それで結月は俺のうそを見抜いた、とまではいかなくても、疑いを持ったのだ。
——口では否定してるけどこの異世界厨《ちゅう》、本当はわたしのことが好きなんじゃない？
……と。それが結月の言う、『思うところ』ってやつだろう。
結月の様子がおかしくなったのは、ちょうどあのあとくらいだったし。
そう考えると、結月らしくない過剰なスキンシップにも説明がつく。
——こんなにくっついてくるなんて、結月って俺のこと好きなんじゃね？
そう思わせて、こちらの告白を誘っているのだ。

もちろんそんなことをしたら、俺たちの関係は終わりである。
これからも結月《ゆづき》のそばにいたかったら、同盟関係を維持したかったら。
俺の気持ちは、決して悟られてはならない。

——恋愛は、人間関係を狂わせる。

そんな考えを持つ結月にとって、恋心は、なにより鬱陶《うっとう》しいものだから……。
では、具体的にどう対応するのが正解なのか……？
実のところ、これはそんなに難しくない。
単純に告白をしなきゃいいのだ。
特殊なスキルでもない限り、人の心は誰にも読めない。
すなわち俺以外の誰も、俺の恋心を証明することはできないのだ。
ゆえに必要なのは、うそを貫き通す覚悟である。
むろんそれは、愉快なことではない。
けれど、結月に見捨てられることに比べたら、たいした苦痛でもない。

——わずかな可能性に懸けて、一世一代の告白をする！

という手もなくはないが……。

先週の帰り道のことを思うと、とてもそんな気にはなれなかった。

ほんのちょっと相手にされなかっただけでかなりへこんだからな……。

あれがずっと続くなんて、想像もしたくない……。

そんなわけで。我ながら面白みに欠けるけど、俺の結論はこうだ。


――告白はしないで現状維持に努める。


……よし。

そうと決まれば、まずは全力で――胸の感触を楽しもう……っ！

いやだって、こんな機会そうそうないし。

おっぱいの素晴らしさはどこの世界でも共通だし。

結月が歩きやすいよう気を遣いつつ、俺は左肘に全神経を集中させた。

究極のやわらかさと至高のあたたかさが見事にマッチして、歩くたびに今日まで生きてきてよかったと思えた。

結月のほうに曲がる際にはさりげなく肘で押したりして、その感触に酔いしれた。

むにゅ。むにゅむにゅ。ああ、たまらん……。

肘で横乳をつつくだけの仕事があったら天職かもしれないなと思った。

ただ、これについては調子に乗りすぎたようで、途中でバレた。

二の腕をぎゅっとつねられ、赤い顔でにらまれた。

「……痴漢として告訴されたくなかったら、ほどほどにしときなさいよ」

——ほどほどってどれくらい？　と、訊《たず》ねる勇気はなかった。

「…………はい、大変申し訳ありません」

「今度から翼《つばさ》のこと、えっち宮《みや》翼って呼ぶから」

「……勘弁してください」

家族および全国の市宮《いちみや》さんに合わせる顔がなくなっちゃう……。


「そういや結月《ゆづき》は、異世界で店を開くならなにをやりたい？」

「うーん、そうね……ふつうにレストランとかパティスリーかな。いや、飲食店より武器とか魔導具とかを扱う系がいいかしら。この世界じゃできないことだし。あるいはビー玉を持ちこんで、宝石商でウハウハとか」

「あー、いいね。ビー玉は鉄板だよな」

「翼は？」

「俺は……やっぱり温泉旅館かな」

「……すこしは下心を隠そうとしたら？」

なんて、いつものように他愛《たあい》ない異世界トークをしつつ、たくさんの出店を見て回る。

ひと通りめぐるとすっかり夜になり、いい感じに腹も減ってきた。

出店でたこ焼き、焼きそば、リンゴ飴《あめ》を買って、分け合って食べることにした。

問題は場所である。ふたりとも人ごみでだいぶ疲弊していた。できれば静かなところで落ち着いて食べたい。思案しながら歩いているうちに駅周辺に戻ってきてしまい、どうせならと、文化祭が終わったあとに寄った公園まで足を伸ばすことにした。

似たような考えの人がすでにいるかもと思ったが、タイミングがよかったのだろう。

誰もおらず、あのときと同じベンチに並んで腰を下ろすことができた。

公園内には外灯がふたつしかなく、ベンチの周辺だけがスポットライトに照らされているみたいに明るかった。

「あー、つかれた……やっぱ人が多いところに行くものじゃないわね」

ため息まじりにぼやいて、結月がこちらにしなだれかかってくる。

当たりまえのように甘えられて、正直かなりときめいた。

お祭りの喧噪《けんそう》から離れたことで、結月《ゆづき》の存在をより明確に感じられる。

密着状態には慣れていたが、結月っていいにおいがするな、といまさらながらに意識してしまって、思い出したように鼓動が速くなった。

「ねえ翼《つばさ》。手を動かすの面倒だから、たこ焼き食べさせて」

「……どこのお姫さまだよ」

それはいくらなんでも甘えすぎだろ……。

「こういうとき、『あーん』は定番のイベントでしょ？」

「そうかもしれないけど、女から男へが基本じゃない？」

「そう？　じゃあ、交代でしましょう」

……だったら自分で食べたほうが楽だろ、というツッコミはさすがに無粋すぎる。

リクエストにお応《こた》えして、交互に食べさせ合った。すこし冷めてしまっていることもあり、味じたいはたいしたことなかったが、俺史上最高のたこ焼きだった。

焼きそばとリンゴ飴《あめ》はふつうに完食する。もう一品くらいは食えそうだけど、混沌《こんとん》とした場所に戻る気にはなれず、腹八分目でやめておくことにした。

ぼんやりと夜空を眺めながら、食休みをする。

お互い無言だったが、それが不思議と心地よかった。

結月はぴったりと俺に寄り添い、小さな頭を俺の肩に預けている。

——ああ、幸せだ。

純粋にそう思う。

彼女のなにもかもが愛《いと》おしかった。


「…………ねえ、翼」

ぽつりと。結月がねだるように言った。

「例の試練、ここでクリアしちゃわない？」

「……いいのか？」

「けっこうロマンチックな雰囲気だし、ファーストキスのシチュエーションとしては、悪くないわ。だから……」

俺の肩から頭をあげて、上目遣いでこちらを見つめる。

「わたしのことが好きなら、してもいいわよ」

……なるほど。これが最後のテストってわけか。

幸せな時間は終わりを迎え、一気に現実に引き戻された。

これまでで最大の切なさがこみあげ、胸が苦しくなる。

もういっそのこと、好きであることを認めて、キスを迫ってみようか……？

そんな考えもちらりと浮かぶ。

——ダメだ。一時の感情に流されるな。

かわいい女の子とのキスくらい、異世界に行けばいくらだってできる。

でも、異世界について楽しく語り合える相手は……結月《ゆづき》だけだ。

「……その条件なら、俺は、できない」

断腸の思いで、かぶりを振った。

「……異世界の女にしか興味がないから？」

「ああ」

「異世界でハーレムを作ることが、翼《つばさ》にとって〝最高の幸せ〟なのね……？」

俺はうなずき、はっきりと告げる。

「何度も言ってるけど、それ以外にはありえない」

「……わかった」

苦笑とも失笑とも違うなんとも微妙な表情で、結月はゆっくりと立ち上がった。

「じゃ、今日のところは、これでお開きにしましょう」

「……そうだな」

俺も立ち上がり、スマホで時刻を確認する。もうすぐ八時半。女子の場合あんまり遅いと両親に心配されそうだし、名残惜しいが引き留めることはできなかった。

「ちなみに、シミュレーションはもういいのか？」

「……ええ。おかげさまで、すっきりしたわ」

「ならよかった」

その答えに、ほっと安堵《あんど》の息をもらす。

どうやら見事、結月《ゆづき》をあざむくことができたみたいだ。

公園を出てすこし歩き、駅前で結月と別れる。

いちおう送っていこうかと申し出たが、家族に誤解されたら面倒だからと断られた。


それから数時間後。

日付が変わる直前くらいに、結月からＬＩＮＥが送られてきた。

俺は何気なく開いて——その内容に絶句した。


こういうことをＬＩＮＥで言うのはずるいと思うけど……

ごめんなさい。

翼《つばさ》の想《おも》いを知ってしまった以上……
もうこれまでのように、翼と仲良くできそうにありません。
同盟、解消しましょう。
わたしの勝手な都合を押しつけて、本当にごめんなさい。

………………え？

……………………なんだよ、それ…………。

気が動転し、頭に血がのぼる。
鼓動が速まる。
呼吸がうまくできなくなる。
それでも俺は歯を食いしばり、ふるえる手で、何度もミスりながら返信を打った。

ごめん。ちょっと意味がわからない。
どういうことか説明してくれ。

一晩中待ったが、結月からの返事は来なかった。
電話もつながらなかった。

……だったら、学校で直接訊《き》いてやる。

週明けの月曜日。
俺は一睡もせずに登校した。
しかし、結月《ゆづき》は欠席だった。
次の日も、その次の日も……。
けっきょく一度も顔を合わせることがないまま、一学期が終了してしまう。

……いやでも、思い知らされた。
俺はどこかで失敗したのだ。
そしてシミュレーションでもなんでもなく。
今度こそ本気で、完膚無《かんぷな》きまで、鮎森《あゆもり》結月に振られたのだ。

夏休みに突入して、三日が過ぎた。
依然として結月とは音信不通だ。
昨日までは一日一回、メッセージを送っていたのだけど、それもやめた。
スマホを見ることさえつらくなってしまったからだ。

もちろん女神さまの試練はまったく進んでいない。
結月以外の誰かに頼む気には到底なれなかった。

鮎森結月は、俺にいろんなことを教えてくれた。
好きなものについて誰かと語り合う楽しさ。
気の合う仲間と一緒に食べる弁当の味。
布越しの胸の感触。
そばにいる人を愛《いと》おしいと思う気持ち。
……それだけに、失恋のダメージも大きかった。

心の支えは異世界ラノベだけだった。

俺は部屋に引きこもり、異世界ラノベを読みまくった。

異世界に浸っているあいだは、すべての苦痛から解放された。

ただし現実に戻るときは注意が必要だ。うっかりすると泣いてしまって、妹からどん引きされてしまう。てゅーかされた。「まじできもい」と罵《ののし》られた。「お兄ちゃん」とは呼んでくれなくなった。異世界の美少女だけが、俺に優しくしてくれた。


灰色の夏休み、六日目。

その日の夕方、久々に俺のスマホがふるえた。メッセージを受信したのだ。

どきりと心臓がはねて、慌てて確認する。送信者は結月《ゆづき》ではなく修司《しゅうじ》だった。

盛大にため息をつき、いちおう目を通してやる。

『暑中お見舞い申し上げます』のひとことだけ。

添付されていた写真を開いてみると、修司と彼女とゴリラのスリーショットだった。

デートで動物園に行ったのだろう。ふたりとも満面の笑みだ。おかげでゴリラすらも笑っているように見えた。なんか俺も笑えてきた。

悟りを開いたような心境で、『末永く爆発してください』と返信した。

アプリを閉じて、ホーム画面に戻ってくる。
その際ふと日付が目に入り、緑のラノベレーベルの発売日であることに気がついた。
外に出るのは面倒だったが、現実逃避用の本は多いに越したことはない。
時刻はもうすぐ午後六時。夕飯までにちゃちゃっと買ってくることにした。

最低限の身だしなみを整え、家を出る。
蒸し暑い空気が肌にまとわりつき、思わず顔をしかめた。
……そういえば、これが夏休みはじめての外出か。
すこしは身体《からだ》を動かしたほうがいいかと思い、自転車は使わないことにした。
その程度で運動不足が解消できるとは思ってないが、まあ、気分の問題である。
駅前の本屋まで、十分ほどの道のりを歩いた。

――そして。
これぞ神――いや、異世界の女神さまのお導きだろうか。
なんとそこで、ばったり出くわした。
きらめくブロンド。

ノースリーブに魅惑の陰影を作る、豊かな胸。
ショートパンツから伸びる、瑞々《みずみず》しいおみ足。
ラノベの新刊台のまえに、鮎森結月《あゆもりゆづき》が立っていた。
彼女の手には、背表紙が緑の文庫本。
「…………」
「…………」
いつかの再現のように、しばし呆然《ぼうぜん》と見つめ合う。
まずはなんて言葉をかけるべきか。フリーズしかけている頭で必死に考える。
だが、俺に与えられた時間は、ほんの数秒だけだった。
結月は手にしていた本を平台に戻し、無言で俺の横を通りすぎた。
「……ちょっ、待っ……っ！」
慌てて制止するも、あのときと違い、結月は止まってくれない。
足早に本屋から立ち去った。
俺の顔など見たくない、俺の声など聞きたくない。
結月が一歩遠ざかるごとに、そう言われたような気がした。
反応がない時点で、それは充分にわかっていたけど……。
対面したうえでこうも露骨に避けられると……。

魔剣で切り裂かれたかのように、激しく胸が痛んだ。
無気力のどん底にたたき落とされ、その場で数分間、棒立ちになる。
できればうずくまって泣きたいくらいだった。

……………というか。
なにも無視することはないじゃないか……っ。
悲しみや切なさがオーバーフローをおこし、逆にふつふつと怒りがこみあげてきた。
俺がどれだけ、結月と会いたかったと思ってるんだ！
俺がどれだけ、結月と話したかったと思ってるんだ！
そもそもっ！
好きになっただけで同盟解消ってのも、納得いかない。
好きになるくらい、べつにいいじゃないか！
それで俺がなにか迷惑をかけたのか⁉　無理に迫ったりしたか⁉
きちんと自重してたじゃないか！　弁《わきま》えていたじゃないか！
結月の気持ちを尊重して、恋愛よりも同盟を大事にしてたじゃないか！
わがままも大概にしろよ！
いくら美少女の特権でも、限度ってものがあるんだよ！

——あー、もう、いい。どうでもいい。

結月《ゆづき》の都合なんて知ったことか。

俺は、俺のやりたいようにやる。


そう思うと同時に、足が動いていた。

店を飛び出し、結月の姿を探す。見当たらない。くそ、遅かったか……。

いや、いまならまだ間に合う。カバンは持ってなかったし、服装からして用事は本屋だけの可能性が高い。となると、まっすぐうちに帰っているはずだ。正確な場所は知らないが、だいたいの方角ならわかる。

自転車で来なかったことを後悔しつつ、俺は全力で駆け出した。

駅前を行き交う人たちのあいだをすり抜け、踏切を越え、アスファルトを蹴《け》る。太陽に向かってがむしゃらに走る。イメージ的には戦場を疾走する一騎当千の戦士である。

しかしこの世界での俺は、どこにでもいる一般人——よりもさらに貧弱だ。

すぐに息切れして、全身が悲鳴をあげる。痛い。苦しい。あつい。

でも、このチャンスを逃すわけにはいかない。

走れ。走れ。走れ！

結月に想《おも》いを伝えるのだ！
どうせこのまま縁を切られるくらいなら、すべてぶちまけてやる！
自己満足で最低な、告白をしてやる……っ！

それを達成するまでは、俺はきっとどこにも行けない。
もう閉じこもっているのはいやだ。現実から逃げつづけるのはいやだ。
たとえ結月に拒絶されても、まえに進める強さがほしい。
でないと俺は、異世界に行ってもしょぼい男のままだろう。
実際、俺が憧《あこが》れてきた異世界の主人公たちはそうだった。
彼らが無双できるのは、能力がチートだからってだけじゃない。
能力なんてものは、言ってみればただの道具である。
重要なのは、それをどう使っていくか。
困難に立ち向かっていける熱い信念があって、はじめて輝くのだ。
数え切れないほど異世界ラノベを読んできて、そんなことにいまさら気づいた。

角を曲がり、大きな通りに躍り出る。
――いた！

結月《ゆづき》の後ろ姿を視界にとらえた。数十メートル先を歩いている。

あの長く美しい金髪は、この距離でも見まがうはずがない。

「結月！」

ラストスパートとばかりに速度をあげながら、名前を呼ぶ。

が、これは失敗だった。

「……っ！」

結月は俺の声にびくりと反応し、またも逃げ出してしまった。

「──ちょ、だからなんで逃げるんだよっ⁉」

「──うるさいバカっ！　来ないでっ！」

「──すこしでいいから俺の話を聞いてくれっ！」

「──いやっ！　聞きたくないっ！」

怒鳴り合いながら追いかけっこをする。結月は文化系のくせに、意外と運動神経も悪くない。それでも本来なら性別の差で追いつけるはずだった。だがこちらはここまでにかなり体力を消耗している。なかなか距離が縮まらない。しかも間が悪いことに横断歩道に差し掛かり、結月が渡ったところで信号が赤になった。交通量は多く、無視はできない。

このままじゃ逃げ切られる。そう直感した俺は、なりふり構わず叫んだ。

「――好きだあああああああああっ！」

結月の足が止まる。驚愕《きょうがく》の表情でこちらを振り返ってくれた。

――届いたっ！

二車線の道路を挟んではいるが、ついに結月と向き合った。

ぜいぜいとみっともなく酸素を求める合間にもう一度、叫ぶ。

「俺はっ！　鮎森《あゆもり》結月のことがっ！　大好きだっ！」

語彙《ごい》が貧弱すぎるのは勘弁してほしい。ろくに頭が回らないのだ。

体力はもう限界だった。心臓はバクバクで、足はガクガクである。

信号が青に変わる。

ふらついた足取りで、横断歩道を渡る。一歩ずつ結月に近づいていく。

あとちょっと――というところで、心がゆるんだ。

青信号なら安全と高をくくり、するべき注意を怠った。

なにより結月しか目に入っておらず、極端に視野が狭くなっていた。

迫ってくる危険に気づかなかった。

「――翼《つばさ》っ……！」

耳障りなブレーキ音にまざる、結月《ゆづき》の悲鳴を聞いた瞬間。

俺は、トラックにはねられた。

――――――――――…………………。

遠のいていた意識は、夢か現実かよくわからない空間で覚醒する。

見た目はふわふわなのにさわっているところだけ硬くなる、なんとも妙な床の上に、俺は横たわっていた。

「思ったより早い再会となったな」

羽衣《はごろも》を着た幼女――女神さまの声が上から降ってくる。

俺は鈍痛のする頭をおさえ、うめきながら起きあがった。

なぜかやたらと身体《からだ》が重い……。

風邪と乗り物酔いをブレンドさせたような、なんとも言いがたい倦怠感《けんたいかん》があった。

「苦しそうじゃの」

「……はい」

「無理もない。今回は汝《なんじ》、ふつうに死んじゃったからな」

女神さまはさらりとのたまった。

……ああ、そういえば、そんな気がする。

すると、このだるさはそのときの衝撃のせいか……。

「何度か深呼吸したらよくなると思うぞ」

言われたとおり、十回ほど深呼吸を繰り返しているとだいぶマシになってきた。

余裕ができると、あれこれ疑問が浮かんでくる。

「……なんで全部の試練をクリアしてないのに、トラックを手配したんですか？」

しかも、よりにもよってこんなタイミングで……。

思わず声にも非難の色がにじんでしまった。

「いや、今回妾《わらわ》はなんもしておらん」

女神さまは心外そうに肩をすくめる。

「汝はふつうに事故に遭って、ふつうに死んだだけじゃ」

「……まじすか」

「まじじゃ」

「……ってことはもしかして俺、このまま天国行きですか？」

「地獄の可能性もあるぞ」

「………………」

「ま、本来であればな」

慈悲を求める視線を向けると、女神さまは嘆息して訂正してくれた。

「じゃが、さすがにそれは忍びない。文化祭のときの借りもあるし、試練もいちおう半分近くはクリアしたし、死亡ボーナスもついたし、しかもいましがた汝にＳＰを寄付したいって申し出もあったし、なにより今月もノルマがやばいし……」

いろいろツッコミどころはあったけど、それはひとまず置いといて……。

「……つまり、俺はどうなるんですか？」

「好きな世界に転生させてやろう」

「――本当ですかっ？」

「ああ。どんな世界で、どんな能力がよい？」

「…………」

願ってもない展開に、俺は押し黙って考える。

ついにここまできた。夢にまで見た異世界転生。それを叶《かな》えることができる。

……なのに。

ちっともわくわくしないのはなぜだろう……？

いや、そんなのは考えるまでもない。

原因はこれ以上なく明白だった。

鮎森《あゆもり》結月《ゆづき》の存在だ。

「どうした？　遠慮せずに好きに注文つけていいんじゃぞ？」

「……えーと、ちょっと考えさせてもらってもいいですか？」

「なんじゃ。最初のときは即答しておったじゃないか」

「いざとなると、いろいろ迷ってしまって」
「ま、べつによいがの」
「ありがとうございます」

異世界に行ってしまったら……。
もう二度と、結月と会うことはできない。
結月と語り合うことはできない。
結月と弁当を食べることはできない。
結月の胸の感触を楽しむことはできない。

……まあ、でもそれは、どっちにしても同じことか。
俺は結月に嫌われてしまったのだ。
かなり無理やりではあったが、いちおう告白はできたし。
返事を聞けなかったのはすこし残念だけど、答えはわかりきってるし。
むしろ、このタイミングで事故ったことはラッキーだったのかもしれない。
おかげで後半の試練をやらずに済んだしな。
たぶん、こういう運命だったのだ。

うん、そう考えると、しっくりくる。

気持ちを切り替えて、第二の人生を歩もう。

結月《ゆづき》のことは思い出にして、異世界で幸せになろう。


……………………でも本当に、それで幸せになれるのか？


「そういえば」

葛藤《かっとう》を続ける俺に、軽い世間話でもするようなトーンで、女神さまが言った。

「前回ここに来たとき、過去に転生した人を気にしておったな？　それでちょっと調べてみたんじゃが、五年ほど前に、汝《なんじ》の知り合いがひとり転生しておったぞ」

「――っ」

「で、このまえの連休にノリで会ってきた。なかなか面白いヤツじゃったな」

「……それは、なんていう、人ですか？」

ふるえる声で訊《たず》ねた。

心当たりはひとりしかいないのだが、それでも、にわかには信じられなくて……。

「名前は守秘義務じゃから言えん」

……そんな。ここまで言っておいて、それはないだろう……。

「代わりに、汝への伝言を聞かせてやろう」

――おれは〝最高の幸せ〟を手に入れたから、おまえも自分の幸せを追求しろ。

「じゃって」

「…………」

俺にとって〝最高の幸せ〟とはなにか？

どうしたら俺は幸せになれるのか？

頬《ほお》を伝うなにかを無視して、いま一度考えてみた。

――と、そこで。

ポケットのなかで、短いバイブ音が響いた。

事故の衝撃でも壊れなかったのか、あるいはここに来るときに修復されたのか……。

ともあれ、メッセージが届いたようだ。

……そういえばここ、電波が通じてるんだったな。

「すいません。ちょっとケータイを見てもいいですか？」

「構わんよ。妾《わらわ》もソシャゲのスタミナ消費してる」

「…………」

どんなゲームか気になったが、それを訊《き》くのはまたの機会にして……。

ＬＩＮＥを開く。

差出人は、来栖《くるす》先輩だった。

先日のＰＶがほぼ完成したので、問題がないかチェックしてほしいとのこと。

……なんというか、すごいタイミングで来たな。

動画サイトへのリンクが張られており、パスワードを入力すれば視聴できるらしい。

パスワードは『evolanam』だった。逆から読むと『麻奈《まな》ラブ』。爆発しろ。

ＵＲＬをタップして、リンク先に飛ぶ。

尺はおよそ四分。一曲まるまるの長さだろう。

再生ボタンを押すと、テンポのいい爽快なイントロが流れだす。

四人の男女が音楽室で楽器を弾いているところからはじまった。このバンドのメンバーだろう。どちらかというと非リアっぽい風体の人たちで、好感を持った。

紅一点のボーカルが歌いはじめると画面が切り替わる。教室でたたずむ結月《ゆづき》のカットだった。バンドと俺たちのカットが交互に入る。想像以上にハイクオリティだ。曲に合っていてシャレている。それでいて気取りすぎてない。心地よいバランス。

客観的に自分を見るのはとても照れくさかったけど……。
自然と、笑みがこぼれていた。
動画のなかで、結月が笑っている。結月が怒っている。結月が悲しんでいる。
ルックスはぜんぜん釣り合ってないのに、俺と結月は本物のカップルのように見えた。
水原《みずはら》先輩は天才だ。世界一のＰＶだと思った。

なかには、覚えのないカットもあった。
おそらく休憩中にこっそり撮影したのだろう。
結月の素の表情が映っていた。
切なげに、俺を見つめていた。
それは夏祭りの夜、公園で見せた顔によく似ていた。
ふと、ひとつの可能性に思い至る。
……あのときはドキドキして、変に身構えていたから気づかなかったけど。
結月のあれは、本当に演技だったのか……？
動画が終わる。
ラストカットは結月の笑顔だった。

最高にかわいかった。


……ありがとうございます。来栖《くるす》先輩、水原《みずはら》先輩。

おかげで考える手間が省けた。

答えはすべて、このなかにあった。

あの人の教えとは違っていたけど……。

でも、あらゆる可能性を突き詰めた結果、これしか考えられなかった。


「……女神さま。転生先はどんな世界でもいいんですよね？」

「うむ」

「じゃあ、お願いします――」

俺の答えを聞いて、女神さまは眉《まゆ》をひそめた。

「……それじゃあ汝《なんじ》、なんのためにここまでがんばってきたんじゃ？」

「そんなの、決まってるじゃないですか」

女神さまの期待に添えないことを微妙に心苦しく思いつつ。

俺は言った。

「幸せになるためですよ」

そうして俺は、転生した。

元の世界に、元の自分として。

あんなに憧《あこが》れていた異世界への転生を断り、ままならない現実に戻ってきてしまった。

気がつくと、さきほどの場所に突っ立っていた。車道ではなく、安全な歩道である。

空は鮮やかな夕焼け。近くの街灯が光っていた。

「――翼《つばさ》っ！」

すぐさま結月《ゆづき》が駆け寄ってきて、胸に飛びこんできた。

あまりの勢いに押し倒されそうになるが、なんとかこらえる。

「ううっ……よかった、よかった……っ！」

すがりついて号泣する結月。

俺はまだ若干放心状態ではあったけど、とりあえず抱きしめて頭をなでてやった。

五分ほど経《た》つと、結月もだいぶ落ち着いてきた。

いつまでも道ばたで抱き合っているのもなんだ。

駅前の本屋に戻りながら話すことにした。お互いまだラノベの新刊を買っていない。

こんなときまでラノベを気にするのはどうなんだと思わなくもないが、それが俺たちだ。

お祭りの会場でもないのに、必要以上に寄り添って歩く。とんだバカップルである。

すれ違う人から生温かい目を向けられ、非常に気恥ずかしかった。

でも、結月は断固として放してくれなかった。もちろん、胸の感触は素晴らしかった。


俺が消えていたあいだについて、歩きながら結月に聞いた。

結月いわく、俺がトラックにはねられたと思った瞬間、俺の姿が消失して、トラックは何事もなく走り去ったらしい。

結月は大泣きして、俺を戻してくれと懇願した。

その声は担当の女神に届き、自分のＳＰをすべて寄付すれば可能性があると言われる。

結月は即座に了承した。

それからしばらく天に祈っていると、突然テレポートしてきたかのように——実際そうだ——無傷の俺が出現した、というわけだ。

「そっか……じゃあ、俺が戻ってこられたのは結月のおかげだな」

もし寄付がなければ、たぶんそのまま死を受け入れるしかなかっただろう。

「……翼のほうはどんな感じだったの？」

「俺はまた女神さまと会ってたよ」

どんな話をしたかざっくりと説明する。

すると結月《ゆづき》はまた涙目になり、ぎゅっと、より強く抱きついてきた。

「……この世界を選んでくれて、ありがとう」

——ああ、大好きだ。

俺のために泣いてくれる彼女が、愛《いと》おしくてたまらなかった。


本屋に到着して、それぞれべつのラノベを購入。

それからいちおう家に連絡を入れて、何度もお世話になっている公園に寄った。

俺たちにはまだ、答え合わせをしなくちゃいけないことがある。

というかむしろ、それを確かめるために、俺はこの世界に戻ってきたのだ。


「……がんばってためてきたSPを、なんで寄付してくれたんだ?」

ベンチに並んで腰かけ、さきに俺が訊《たず》ねる。

結月はややむっとして答えた。

「そんなの、翼《つばさ》のことが好きだからに決まってるじゃない」

「——っ」

はっきりと告げられ、尋常じゃないほど胸が高鳴る。

それでもまだすこし信じるのが怖くて、ついつい確認してしまう。

「……それは、なにかのシミュレーションとかじゃなくて、まじだよな？」

「当たりまえでしょ」

「……じゃあなんで俺のこと避けたりしたんだよ？」

「自分を振った相手と楽しく過ごせるほど、わたしは脳天気じゃないわ」

「いや、いつ俺が結月を振ったよ」

「だって、キスしてくれなかったじゃない」

「…………」

返す言葉もなかった。

たしかにあれが演技じゃなかったら、そりゃそういう解釈になるよな……。

えーと、つまり、あれか？

俺たちは、どちらも自分が振られたと勘違いしていたってことか……？

……我ながらひどいな。まったく、これだから異世界厨《ちゅう》のコミュ障は……。

同盟相手の考えそうなことはだいたい理解しているつもりだったが、ぜんぜんわかっていなかった……。

「……で、そういう翼は、なんで異世界を選ばなかったの？」

自分の空回り具合に愕然《がくぜん》としていると、今度は結月《ゆづき》が訊《たず》ねてくる。

「……わからないのか？」

「わからないわ」

結月は首を横に振った。ただし、あきらかに顔がにやけている。

「異世界ハーレムをこよなく愛する市宮翼《いちみやつばさ》は、なんでこの世界に戻ってきたの？」

いや、おまえ、本当は完璧に理解してるだろ……。

なんて答えるべきか迷っていると、腕をゆさゆさと揺すられる。

「ねえねえ、なんでかしら？　恥ずかしがらずに言ってみなさいよ」

——ああもう、ちくしょう、うざかわいいにもほどがあるわ！

はいはい、わかったよ。わかりましたよ。期待に応《こた》えてやりますよ。

俺は観念して口を開いた。

「……異世界には、鮎森《あゆもり》結月がいないからだよ」

「——っ」

みるみる頬《ほお》を真っ赤に染めて、結月が俺に背を向ける。

両手で胸をおさえ、大きく吐息をもらしていた。いちいちかわいい……。

後ろから抱きしめたい衝動と必死に戦いながら、しばし待つ。

一分ほどで、まっすぐこちらに向き直った。

「……つまり、どういうこと？　もっとわかりやすく言って」

「……いや、充分わかりやすいだろ」

「ダメ。大事なことだからちゃんと言って」

「ちゃんとって……？」

いぶかしげに首をかしげると、結月が上目遣いで問いかけてくる。

「異世界とわたし、どっちが好きなの？」


……ああ、そういうことか。

俺は口元をゆるめて、答えた。

「結月のほうが好きだよ」

「ふふ、ありがとう」

結月は満足げに微笑《ほほえ》み、それからいたずらっぽい口調で言う。

「でも、まだちょっとわかりにくいわね」

「ええ……？」

「言葉だけじゃなくて、行動で示して」

潤んだ瞳《ひとみ》でじっと見つめられて、なにを求められているか遅ればせながら悟る。

さすがにもう、勘違いしようがない。

俺は覚悟を決めて、結月《ゆづき》にそっとくちづけた。

おそらくそれは、異世界転生よりも、刺激的な体験だった。

そして。


「……ふふふ、契約完了。これで翼《つばさ》はわたしのものね」


とても幸せそうにはにかむ結月は。

どの世界のどんな美少女よりも。

魅力的に違いなかった。


——なんて感慨にふける俺に、結月が言う。

「じゃ〝異世界転移同盟〟復活ね」

「え……？」

「なにきょとんとしてるのよ。当たりまえでしょ」

「いや、でも……試練はもう無効になっただろ？」

「だから？　そんなことで異世界をあきらめるの？」

挑発的な笑みを浮かべて、さらに結月《ゆづき》は熱く語る。

「今回は縁がなかったけど、きっとまたチャンスはある。翼《つばさ》は女神さまに気に入られてるみたいだし、本物の異世界チケットだってあるかもしれない。あなたといられるならこの世界も悪くないけど……できることなら、わたしは市宮《いちみや》翼と冒険がしたい」

……ああ、そうだ。そうだった。

この女も、俺に負けないくらいの異世界厨《ちゅう》なのだ。

だからこそ俺は、本気で惚《ほ》れてしまったのだ。


「翼は、そう思わない？」

「思う」


――好きな人と一緒に、異世界に行く。


〝最高の幸せ〟を望むなら、それを目指さないのはうそだよな。

「……ちなみにその場合、ハーレムは認めてくれる？」

冗談っぽく訊《たず》ねると、結月はにっこり微笑《ほほえ》んだ。

「ぶっとばすわよ」

あとがき

金髪巨乳のツンデレクールビューティーといちゃいちゃしたい！

そんなあなたのために、この小説を書きました。つまりぼくのためでもありました。

はじめまして、あるいはお久しぶりです。暁雪《あかつきゆき》です。

ところで意外に思われるかもしれませんが、ぼくはけっこうラブコメが好きです。

ラブコメのほうもたぶん、ぼくのことを嫌ってないと思います。確認したことはないですが、ちらちらこっちを見てきますし。気分を変えて、別ジャンルの企画を考えているときなどはわかりやすいです。「もっとあたしに構えよ！」とばかりに、必ずといっていいほどラブコメ要素が入ってきます。かわいいやつです。

なのでまあ、デビュー作に続いて二作目も、ラブコメを書きたいと思いました。

挑戦してみたい題材がふたつありました。

ひとつは年の差ラブコメ。メインヒロインにロリを据える話です。

もうひとつが、美少女とひたすらいちゃいちゃしまくる話、これですね。

実際に書いてみると想像以上に大変で、いろいろな発見がありました。

おかげで、ラブコメのことがまたちょっと好きになりました。

読者さまにおかれましても、今後ともラブコメのことを愛していただけると幸いです。

というわけで、謝辞でございます。

へるるん先生。前作に引き続き、まことにありがとうございます！　とてもとても嬉《うれ》しかったです！　イラストを拝見するたびに感激しておりました！　めちゃかわいい！

アクアさま。エミリアさま。帯に素敵なコメントありがとうございます！

また、このおふたりの出張を許可してくださった、暁なつめ先生（暁というペンネームかぶり、非常に恐縮です……）。長月達平《ながつきたっぺい》先生。すこしまえは『この素晴らしい世界に祝福を！』、現在は『Ｒｅ：ゼロから始める異世界生活』のアニメを観《み》るたびに、「早く来週になれ！　でも締め切りは来るな！」と葛藤《かっとう》している身としては光栄の至りです。本当に、ありがとうございました。

担当さまをはじめとした編集部のみなさま、本書に携わっていただいたすべての方にも、多大な感謝を。すこしでもこのご恩を返していけるよう、精進してまいります。

そしてなにより読者さま。ここまで読んでくださり、本当にありがとうございました。

次回は、そうですね。ロリがヒロインの話でお会いできることを祈っております。

ラブコメと呼んでいいかどうかはわかりませんが……なんと、実際にそういう企画が動いているんです。ロリのヒモになる漫画家の話です。どうぞよろしくお願いいたします。

MF文庫
J

異世界とわたし、どっちが好きなの?

発行	2016年6月30日　初版第一刷発行
著者	暁雪
発行者	三坂泰二
発行所	株式会社 KADOKAWA 〒102-8177 東京都千代田区富士見2-13-3 0570-002-001（カスタマーサポート） 年末年始を除く 平日10:00～18:00まで
印刷・製本	株式会社廣済堂

Printed in Japan　ISBN 978-4-04-068334-8 C0193
http://www.kadokawa.co.jp/

【 ファンレター、作品のご感想をお待ちしています 】
〒102-0071 東京都千代田区富士見2-13-12
株式会社KADOKAWA　MF文庫J編集部気付「暁雪先生」係　「へるるん先生」係

二次元コードまたはURLより本書に関するアンケートにご協力ください。

http://mfe.jp/fgd/

●一部対応していない端末もございます。
●お答えいただいた方全員に、この書籍で使用している画像の無料待受をプレゼント!
●サイトにアクセスする際や、登録・メール送信時にかかる通信費はご負担ください。
●中学生以下の方は、保護者の方の了承を得てから回答してください。